安達 瑶

悪徳《ブラック》探偵

実業之日本社

実業之日本社文庫

目次

悪徳《ブラック》探偵

第一話　さらば愛しき……

「要するに、あなたは行方不明になった家族を捜してほしいって言うのね？」

目の前の女性事務員は、手にしたボールペンをコツコツコツコツとメモパッドの表面に打ちつけ、声にもケンが表れている。

マズい。相手は明らかにイライラしている。

「すいません。説明が上手《うま》くなくて」

おれは頭を下げた。

どうにもこうにも、とことん追い込まれてパニックになっていたおれは、雑居ビルの窓に書かれた『調査・相談なんでもどうぞ！』という大きな文字に飛びついたのだ。

「今まであちこちに就職したんすけど、お前の話し方がウザいってどこでもすぐ怒られて、上の人がキレて周りもイライラして、ひどい時にはその日のうちにクビになったりして。すぐにクビになったその職場もひどいところで、上司がいきなり怒鳴るんすよ。……あっ、今気がついた。それってパワハラとかで訴えることが」

「だからそれはいいの。今その話してない。ああもうイライラするっ。ここまでで、もう十五分も時間使ってるのよ。アナタもうオトナなんだし、要点をまとめられないの？」

また怒られた。気が強そうだけど、頼りになりそうなお姉さんだと思ったのだが、これはちょっとひどくないか？

「あのおれ、一応客っすよ。そういう態度はないんじゃないでしょーか？　ここ、ブラックフィールド探偵社ですよね？」

「そうですけど？　お悩み相談室じゃないことは確かよ。お客様は当社にナニをお求めですか？　最初のお話では、行方不明のご家族を捜してほしいってことなのよね？」

目の前に座っている女性スタッフは敬語に戻ったが、急によそよそしくなった。

秋葉原の裏通りにひっそりと建つ雑居ビル。三階にある探偵社の内装は殺風景で、おれが金を借りまくったヤミ金の事務所そっくりだ。事務机が幾つか。書類キャビネットに電話にパソコン。そしてコピー機。観葉植物の一鉢すらない。合板の壁で仕切られた奥には、もう一部屋あるらしい。

　だが現在、おれの依頼を聞いてくれている女性はかなりの美人だ。黒縁メガネにストレートのロングヘア。カウンターをはさんで上半身しか見えないけれど、ひきしまった躰《からだ》もスタイル抜群な感じがする。

　首から提げた顔写真付きのＩＤカードには『ＢＦ探偵社・相談員　上原《うえはら》じゅん子《こ》』という名前が見える。

「話をまとめると、あんた……じゃなくてお客様は、計画性がなく知識も常識もないために多額の借金を作ったが当然返せず、取り立てが厳しくてアパートにも帰れなくなった結果、万策尽きて実家に助けを求めようとしたところ、そのご実家も何故《なぜ》か更地になっていて頼るべき両親も行方不明、どうやらお客様を見捨てて夜逃げしたらしい、この先どうすればいいのでしょう、と。……これでいい？」

「あの、それじゃおれがまるでバカみたいじゃないっすか。計画性も知識も常識もないって……なんすかそれ？　おれだって好きで借金したわけじゃないすよ」

「だからね。まず借金の理由。勤務先のコンピュータのシステムをあなたがダウンさせてその修復にかかった費用の『全額』を負担したから。でしょ？　ったくバカじゃないの」

聞き違いかと思った。バカと呼ばれたのだ。しかしじゅん子さんの目には、あきらかに軽蔑の色が浮かんでいる。

「あのね、業務上発生した損害を従業員に全額賠償させたりするのは労働基準法違反なの。そんなことも知らなかったの？　そもそも払う必要のないお金を借金して支払って自分の生活が出来なくなるって……バカ以外の何なのかしら？　で、右から借りて左に返すような自転車操業を続けたあげく、いくら払ったかも判《わか》らなくなった時に、整理屋と称する男に借金をまとめてやると言われて、尻尾《しっぽ》を振って言いなりになった、と」

バカじゃないの？　とじゅん子さんはまた呟《つぶや》いた。処置なしだ、という表情だ。ガキのころから親や学校の教師によくこういう顔をされたけど、おれには何が悪かったのか、未《いま》だに判っていない。

「そうっす。けど、まとめたところの取り立てがハンパなくキツくて。他の社みたいに電話かかってくるだけじゃないんすよ。スゲーおっかないオッサンがドアガンガン蹴って怒鳴りまくるんす。テメーこの野郎、居るのは判っとるんや出て来いやゴルァ！　カネ返せや。それともマグロ漁船か腎臓売るかって」

じゅん子さんのしかめっ面はますますひどくなった。今や汚物か虫けらを見るような目でおれを見ている。

「おれ、泳げないからマグロ漁船に乗るとか無理だし、腎臓カネになるんなら売ってもいいけど、手術が痛そうなのがちょっと」

おれは喋《しゃべ》りながら思い出した。あの怖《おそ》ろしいヤミ金の社長の事を。ぶ厚い胸板と太い腕、金のチェーンが食い込みそうな猪首《いくび》、太い眉毛、カッと見開かれた両眼を。そして何よりも、地獄の底から響いてくるようなだみ声でおれを脅す大阪弁を。

その時、事務所の奥から聞き覚えのある咆哮《ほうこう》が響いてきた。

「もう一度言うてみいや！」

「ああ、何度でも言ってやるよ！」

ドアがバンと開いて、中から男が出てきた。トレンチコートに身を包んだ痩せ形の男は、おれがイメージする私立探偵そのままのビジュアルだ。隙がなく俊敏な立ち居振る舞いで、さっと部屋の中を振り返りもう一度怒鳴った。

「もうこんなところでは働けない！」

「ほうか。ほやったらさっさと出て行かんかい！　ほな、サイナラや！」

「それはこっちの言うセリフだ！」

その男は大股で事務所のドアに近づき、そこでまた振り返った。客として座っているおれまで睨《にら》みつけられた。

「あばよ!」

芝居がかった仕草と口調で別れを告げると、トレンチコートの男は去って行った。

奥の部屋から、もう一人の男が現れた。

ぶ厚い胸板と太い腕、金のチェーンが食い込みそうな猪首、太い眉毛、カッと見開かれた両眼。

ど迫力の、五十絡みの、大阪弁のオッサンが仁王立ちしている。

トラウマが一気に走馬燈のようにフラッシュバックし、息が苦しくなったおれは
——そのまま失神した。

気がつくとソファに寝かされて、じゅん子さんがおれの口にコンビニ袋を当てていた。

「ただの過呼吸や。もうええやろ」

例の、恐怖の大王のような男が顔を覗《のぞ》き込んでいる。またしても全身に電気が走り、息が苦しくなってきた。

「おい。人の顔を見ていちいち失神するな。おれはオックスの赤松愛《あかまつあい》か」

意味不明なことを恐怖の大王は口走った。

この男こそおれから有り金残らず毟《むし》り取り、生活を破壊したヤミ金「エルム・クレジット」の社長その人だ。夢にまで見てうなされたこいつの顔は忘れようったって忘れられない。

「お前、住むとこも無《の》うなったって？　ほたら、ウチで雇たる。この事務所に寝泊まりすればエエ」

住居と職を提供してくれるという。だが相手が相手だけに、監禁・タコ部屋・奴隷労働といった不吉な言葉しか浮かんでこない。

「いや……アパート追い出された原因はオタクの取り立てがキツかったからという理由も」

「なんやて？　オノレが家賃溜《た》めたんもワシのせいか？　取り立てがあかんちゅうんか？」

社長はキスでもするかのようにおれに顔を近づけ怒鳴りあげた。

「貸したカネを返せちゅうのんの、ナニが悪い？　オノレに言わせると、貸したカネを返して貰《もら》うのは犯罪みたいやの」

社長の目が細くなった。この前は、目が細くなってニヤリと笑った後、アパートの壁にパンチが入って、大きな穴が開いたのだ。

「ワシが貸した金は、オノレのカラダで返せ。それで許したる」

「いやあの……ここには依頼に来ただけで」

「依頼？　オノレは一文無しで客のつもりか？　ああ？　エエ根性しとるやないか。オノレのドタマはどないな構造になっとるんや！」

胸ぐらをつかまれた。

しかし両親の居所さえ捜して貰えれば、ヤミ金の借金ともども、調査料は親が払う筈《はず》なのだ。タクシーの着払いと同じで、何もおかしいところは無いじゃないか。

しかし……どうしてヤミ金の社長がこの探偵社に？

そんなおれの疑問を察したのか、恐怖の大王はニヤリと笑った。

「ご推察の通り、ワタクシ黒田十三《くろだじゅうぞう》は、あのヤミ金とこの探偵社の社長を兼務しておる。病院が葬儀屋を経営しとる例もあるで。ん？　なかったかな？　まあええわそれは。とにかく、探偵社とヤミ金の兼業に、何か問題でもある言うのんか？」

目の前には恐怖の大王がいるのだ。おれとしては、いいえ、と首を横に振るしかない。

「よっしゃ。では、お前はたった今からこのブラックフィールド探偵社の社員や。

判ったな！　しばらくは見習いで給料は月五万や。で、そこから借金返済分は引かせて貰うで。これでキマリや」

「社員？　お、おれが探偵っすか？」

「そや。探偵社では大根やマグロは売らん」

「けどおれ、探偵なんてやったことないし」

「せやから見習いで採用やと言うとる。エエか？　オノレに選択の余地は無い。こっちは好意でエエ条件だしてやっとるのを理解せえ」

立ってみい、とおれは社長に首根っこを摑《つか》まれて立たされた。

目の前にはちょうど姿見があった。

そこには、身長百七十センチの貧相な、着古したトレーナーにジーンズの、ぼんやりして顔色の悪い、頼りない若い男が映っていた。

「ま〜頼りないっちゃ頼りないけどな、さっきウチのナンバーワンが辞めたばっかりや。人が足らんよってゼイタクは言えん」

勝手に話が進んでいく。

「探偵の仕事はキツイで。昼夜を問わず、生活のすべてを捧《ささ》げて働いて、生き残った者が笑う世界や。一年三百六十五日。一日二十四時間、死ぬまで働け。『無理』

というのは嘘《うそ》つきが吐く言葉や！　途中で止《や》めてしまうから無理になる。途中で止めなんだら無理では無《の》うなるんや。判ったか？」

睨みつけられたらハイというしかない。

「よっしゃ！　判ったら今の言葉、胸に叩《たた》き込んどけ」

どこかのブラック企業の社長の言葉をパクったとおぼしき、目の前のブラック社長が威張っている。そういや、おれが損害賠償を請求されて払ってしまったIT関連会社も、ずいぶんブラックだったんだよなあ……。

借金のカタに働かせるのは違法では、と訊《き》く暇もなく、おれはこの探偵社の社員にされてしまった。しかし、ここもブラック企業なのはもはや決定的だ。現についさっき、社員が一人、辞めていったばかりではないか。

これは……逃げるしかない。逃げなければ死が待っている。死ぬまで働かされて、過労死したら東京湾にでも沈められるのだ。

いつ逃げるか……今でしょ！

事務所の片隅にある冷蔵庫から社長がビールを取り出した、その隙を突いておれは腰を浮かし、ドアに突進した。

が、一瞬早くドアが開き、一目見ただけでドキドキしそうなほどのセクシー美人が、くびれた腰をくねらせて入ってきた。

　超ミニにスケスケのキャミソール。寒くないのかと心配になるほどの露出度だ。キャミソールから透ける巨乳の谷間、超ミニから伸びる太もも、そしてぽってりした唇がモーレツにエロい。

「来たわよ～。ヒマそうねえ」

　社長にそう言った彼女は、おれを見た。

「あらぁ？　また新しいヒトを雇ったの？」

「おう。今日入った新人や。ええと、名前なんやったかいな」

「飯倉《いいくら》……飯倉良一《りょういち》です」

「そやそや、飯倉良一や。立派な名前のくせして半端な人生やな」

　社長はそう言いながら、セクシー美女の肩を抱いた。

「お前も昼夜を問わず、生活のすべてを捧げて三百六十五日、二十四時間、死ぬまで働けば、こういうエエ女を抱ける。かもしれん」

　この美女は社長の愛人とか？

「あや子《こ》で～す。黒田さんにはお世話になってます。お世話もしてますけど」

　彼女は大きな胸をぷるぷる揺らしながら、妖艶に微笑《ほほえ》んだ。アニメの悪女みたいな声だ。

「ええか、逃げようなんて思うなよ。地獄の底まで追いかけたるで」

社長はそう言って、おれを事務所の壁際のソファに突き飛ばして座らせた。

あや子の強烈な色香にクラクラしたおれは、逃げるキッカケを完全になくしてしまった。

「そろそろ客が来る。ワシがいろいろ聞き出すから、飯倉、お前はもっともらしく頷《うなず》いとけ。ええな」

「いやあのしかし、探偵って、ライセンスとか要るんじゃないんすか？　おれまったく何も知らないんすよ」

「ええんや！」

黒田社長は声を荒らげた。探偵のライセンスを持っているようにはとても見えない。

「お前はワシの助手やさかい、無資格でもええんや！　仕事はオン・ザ・ジョブ・トレーニングで覚えていけばエエ。その代わり、『無理』とか絶対言うな。ええな」

無理っす、という言葉をおれは呑《の》み込んだ。

と、その時、ドアがノックされて、客らしい男が入ってきた。

　背の低い、小太りでチェックのシャツをパンツインで着て、リュックを背負った冴《さ》えない男……いわゆるオタクの典型のような、三十前後のオッサンだった。

「いらっしゃいませぇ！」

　あや子が黄色い声で出迎えたので、彼は顔を真っ赤にした。

「あ。間違えたかな？　ここ、ＢＦ探偵社ですよね？」

「そうですけど、なにか？」

　上原じゅん子が落ち着いた声で答えた。

「ああそうですか。ＡＶの会社かと思っちゃって……この人、ＡＶ女優の麻生《あそう》ルルさんでしょ？　今、人気が出かかってる……」

　あや子をじろじろ見ていた男だが、彼女と目が合うと、慌てて逸《そ》らした。

　ＡＶ女優だと名指しされたあや子は「違いますよぉ」と鼻に掛かった声を出して、黒田をチラ見した。

「人違いですってば。アタシ、そういうのやってないし。似てるヒトがいるのかしら？」

「ホンマか？　ホンマに違うんやな？」

　黒田は疑わしそうな視線をあや子に投げ、客の男に向き直った。

「本人が違う言うとります。それにこの女、ワシのコレでんねん」

黒田は小指を立てて見せたが、客の男にはいまいち伝わっていない様子だ。

「それにしても瓜二《うりふた》つですね。クリソツ」

「……で、お客様は、お電話を戴いた丸井睦夫《まるいむつお》さんですね？」

じゅん子さんが事務的に訊き、AV女優疑惑を一刻も早く誤魔化したい様子のあや子も、客に先を促した。

「ウチの人の探偵社に何のご用なのかしら？」

「はい、ボクが丸井睦夫です。ズバリ依頼の内容を言うと、行方知れずになったAV嬢を捜してほしいんです」

この男はAVオタクなんだな。

客はリュックから一枚の写真を取りだした。

それは、あや子に勝るとも劣らない巨乳の女が、全裸のままバックから攻められて、大きな胸をぷるぷると揺らしているものだった。

「あ、間違えた。こっちは見ないで」

慌ててしまい込み、もう一枚取り出した写真は、同じ女の着衣姿のものだ。ピンクのベビードールで、その下にはやはり裸の巨乳が透けている。ベッドの上で脚を組んでいて、下半身まで裸かどうかは判らない。

ついついカラダばかりに目がいってしまったが、黒田社長は「なかなかの別嬪《べっぴん》さんでんな」などと言っている。

確かに最近は美人しかいないAV女優の中でも、このヒトは綺麗《きれい》だ。スッキリした目鼻で顎の線が「しゅっ」として美しい。

「永井《ながい》ミク、という名前です。芸名か本名か判りませんが」

本名でAV女優をやるヒトはいないだろう。

名前を聞いて、思い出した。自分も何本か出演作を見たことがある。

たしかに、永井ミクはエロい。全身からも表情からもエロさが溢《あふ》れ出ている。乳房の揺れも腰のくねりもエロくて、即勃起保証だ。丸井というこの客が熱弁を振るうのも当然か。

「ボクは、彼女のデビューAVを見ていっぺんにファンになったんです。というか一目惚《ひとめぼ》れです。ファンクラブに入って握手会もサイン会も撮影会も、彼女のイベントなら全部参加したし、新作DVDが出れば五枚は買ってました」

「五枚？　なんでや？」

「一枚は鑑賞用、二枚目はそのスペア、三枚目は保存版としてラックに仕舞い、四枚目は永久保存版で押し入れの中に仕舞い、五枚目は完全保存版として耐火金庫に仕舞うんです。外気や日光に晒《さら》されるとジャケットは色褪《いろあ》せするし、ＤＶＤだって劣化するんですよ」

そんなことも知らないのかという顔で、丸井は説明した。

「彼女のブログには毎日何度もアクセスして、更新されるとすぐにコメントを書き込みました。誰よりも早く新しい投稿を見つけてコメントを最速で付けるのが、ボクの誇りだったんです」

「お仕事は？」

「仕事なんかしてるヒマ、ありませんよ！　ボクの二十四時間はすべて彼女のためにあったんですから！」

どうやら三十過ぎにしてニートらしい。親に逃げられた者としては、親をアテに出来る身分なのは本当に羨ましい。

「なのに、彼女は一切何も言わないまま、突然現役を引退して、ファンに一言もなく、忽然《こつぜん》と姿を消してしまったんですよ！　引退作品も作らずファンに一言もないなんて、ひどいと思いませんか⁉」

丸井は憤然とした様子で立ち上がった。

「もしかして彼女は、大物政治家の愛人になって囲われている？　可哀想《かわいそう》に彼女は、どこかに監禁されて自由を奪われて、好色な政治家に日々凌辱《りょうじょく》され続けているのです！」

歩き回りながら独り言のように喋り続けた。

「もしくは、その政治家のバカ息子が彼女に熱烈に恋をして、その妻に収まっている？　玉の輿《こし》とは名ばかりで実際は夜ごと父親と息子の両方に責めさいなまれている？　それとも、悪の組織に囚《とら》われて性奴隷のような日々を強制されている？　いや、アラブの大富豪に売り飛ばされて砂漠の真ん中の宮殿で日夜アラブ式に凌辱され続けている？　それとも香港《ホンコン》で両手両脚を切り取られて『人間ダルマ』にされて見世物に」

「それって都市伝説じゃないっすか？」

つい口を挟みかけたが、丸井は完全に自分の世界に没入している。

「それとも……非業の死を遂げている？　噂《うわさ》では『刺激に飢えた金持ちたち』は人間狩りをしているらしいじゃないですか！　本物の人間を丸裸にして富士《ふじ》の樹海に放ち、それをイノシシでも狩るように猟銃で容赦なく撃ち殺す。文字通りの恐るべき人間狩りで、彼女はその標的にされ……死体は極秘裏に処理されて闇に葬られてしまった。人間狩りには政府高官や政財界の大物も加わっているので、絶対に表沙汰にはならないのですッ」

丸井の様子は完全に常軌を逸している。

「どうです？　そうとでも考えないと、スターが忽然と姿を消して、ようとして行方が判らないというのは、おかしいでしょう？」

「そうやなあ。あるいは何か込み入った事情があって、身を隠したのかもしれまへンな」

黒田は重々しく言った。

「込み入った事情って？　悪い男に引っかかって巨額の借金を背負って、ＶＩＰ専用の売春組織に売り飛ばされたとか？　たとえばアラブの大富豪専用の」

「いや、その方向だけやのうて。親バレとか、そういう可能性もあるやろ？」

「最近のＡＶ女優の殆《ほとん》どは親公認です。親も応援してくれているとブログに書いてるコがほとんどです。公認とまではいかなくても、まったく知らないってことはないですね」

丸井は黒田に向かって断言した。

「あの……どっちにしても、何か事情があって姿を隠したんすよ。きっと。したら無理に捜し出すのは止めた方が……」

「引き受けさせてもらいまっさ」

おずおずとおれが言いかけたのを完全に無視して、黒田が大きな声で言い放った。

「お客様のご要望には万策講じてお応えする。それが我がブラックフィールド探偵社のモットーですねん。で、この永井ミクという元ＡＶ女優さんを捜せばええんですな？」

「ハイ。宜《よろ》しくお願いします！」

「では契約金と着手金、合わせて五十万円を申し受けます。調査員ひとり当たり一日あたりの捜査費は二万円で、延べ人数分を請求させて戴きます。その他に車両費、実費、その他諸経費、そして調査終了後作成してお渡しする報告書作成費も別途請求させて戴きますが、それで宜しいですか？」

じゅん子さんは極めて事務的に説明しながら費用の一覧表を見せた。

ここは、客の依頼の理由を一切訊かないらしい。この丸井という男は、知り得た情報を何に使うのだろう？

「ウチは明朗会計でボッタクリは一切ナシの良心的な運営を心がけておりますねん」

黒田がそう言い切り、客の丸井はサイフからクレジットカードを取りだした。

「これ、使えます？」

「カーズ、ウェルカム！　もちろん使えまっせ！」

黒田とじゅん子は淀《よど》みない手際で、丸井からカネをもぎ取り契約書にサインさせ、「ではまた！」と送り出してしまった。

もしかしておれも、依頼人になれば同程度の金額を請求されていたのだろうか。それにこの金額はかなり法外なんじゃないのか？

「さて。そうと決まれば始めよか。なんや？　なんか言いたいことでもあるんか？」

黒田はおれを見て顎をしゃくり、「言うてみぃ」と言った。

「あの……黙って姿を消したのは、捜してほしくないからじゃないっすか？　それを無理に捜し出すのは……どういう目的なのか判らないし……なんつうか倫理的に」

「リンリ？　リンリやて。コイツ、こんな顔して倫理やて」

黒田は爆笑した。

「ええか。客の注文には応じる。殺しや暴行や手が後ろに回ることはなるべく避けるけど、カネになる依頼やったら依頼主の意向を丸呑みするのが商売の基本やろが。

この商売、法律スレスレをやってナンボやで」

黒田は耳を疑うことを言った。殺しは『なるべく避ける』？

「DV夫から逃げた奥さんが隠れとった住所を探偵が調べた結果、不幸にも殺人に至ってしもうたことがあったが、あれをやった外道《げどう》は探偵としては優秀やった。客の注文に見事に応えたんやからな。法に則《のっと》った真っ当な調査なら、客は大手の調査会社に頼む。わしらのような中小探偵社には、難アリな案件が持ち込まれる。わしらとしては、多少無理してでも、客の要望に応じなあかんのや。商売にならんのや。判ったか！　このド素人《しろうと》が！」

だから素人だと最初から言ってるじゃないっすか、と声には出せない。

「あの、でも、さっきのヒトは、永井ミクさんの居所を知ってどうするつもりなんすかね？　住所が判ったとして……もしも悪用されたら」

「だから、それはわしらの知らんこっちゃ」

黒田はそう言い切った。

「わしらは、調べてくれと言われれば調べる。そこで終わりや。そういう割り切りが出来んのならこの仕事はするな。そういうこっちゃ」

「割り切れないし……やっぱ無理っす」

立ち上がって出ていこうとした途端「待たんかい！」と大声で恫喝《どうかつ》された。

「出ていくなら、借金をチャラにしてからにせえ。判ったな！」

足が止まってしまった。

薄笑いを浮かべた黒田は、携帯電話のボタンをプッシュしながら豪語した。

「こんな依頼、お茶の子さいさいや。この永井ミクいうコが所属しとった事務所に訊けばイッパツで判る。素人が訊いても口を割らんが、ワシが訊けば……ああ、黒田です。毎度。久しぶりヤな」

黒田は旧知の関係らしい事務所のトップとしばし話し込んだ。

「ところで永井ミクって、オタクにおったやろ？　ああ、結婚した？　そうか。で、今どこに住んどる？　……いやいや、借金の取り立てとかそういうんやない。婚約不履行とかストーカーでもない」

いや、あの丸井という男は充分、ストーカーになり得るぞ……。

そうかおおきに、と黒田は電話を切った。

「結婚したらしい」

それは電話を聞いていれば判る。

「しかし誰と結婚してどこに住んでるのか、それは元のマネージャーも知らんらしい」

　結局、簡単やと豪語したくせに、永井ミクが結婚したことしか判らなかった。

「で、お前、なにボンヤリしとるんや。早《は》よいけ！」

「え？　どこにっすか？」

「アホかお前は！」

　怒鳴りつける黒田を、さすがにじゅん子が止めた。

「社長。飯倉くんはついさっき入ったばっかりなんだから、何も判らなくて当然です。具体的な指示をしてあげないと」

「そうだよ～。黒ちゃんはすぐ怒鳴るんだからぁ」

　あや子も加勢してくれた。

「手がかかるのう。これやから、マニュアル世代っちゅうのんはあかんねや」

　黒田はボヤきながら、ええか、と具体的指示を出した。

「マネージャーは知らんでも、撮影で付き合いのあった男優なら何か知っとるやろ。なんせ仕事とはいえオメコした仲なんやからな」

　黒田は、彼女が共演したAV男優に聞き込みをせよと命じた。

「ワシはワシで忙しいんや。ホレ、まずは動いてカラダで仕事を覚えるんや！　行った行った！」

＊

ＡＶ女優は名前が知られているが、相手をする男優はそうでもない。ごく数人の「有名男優」の名は知られているが、それ以外は「汁《しる》男優」と呼ばれて人間扱いされていなかったりする。

それでも、ネットを検索するとアダルトビデオが大好きなオタクな連中が男優についてもいろいろ詳しく調べ上げている。

永井ミクはデビュー当時はセーラー服学園凌辱モノで売っていたが、その後はＯＬモノや若妻モノ、超高級ソープモノなど出せばヒットするので、出演作はデビューから五年間で三百本もある。

ということは、かなりの人数の男優と共演しているはずだ。一作品の中でも複数の男優と交わっているのだから。

ネットで仕入れた知識を元に、おれも黒田のやり方を真似《まね》て、ＡＶ男優を当たってみた。何人かはブログをやっていたりツイッターをやっているので、メールを出してみると、すぐに反応があった。おれが探偵事務所の者だと名乗ったので興味を惹《ひ》かれたようだ。

「ああ、ミクね。けっこうやったよ。カラダの相性がよくてね。ご指名があったんだ」

AVオタクの間では「タフでフィンガーテクと舌テクが抜群のエロ太郎」と呼ばれている男優の江戸太郎《えどたろう》。新宿《しんじゅく》中央公園のベンチを指定されたので会いに行くと、そこにはごく平凡な中年男が座っていて、すぐに話し始めた。

「あの子は根っからセックスが好きだったね。だから反応もよくてさ。仕事でやるセックスじゃ本気でイカない女優が殆どなのに、あの子は毎回マジでイッてたからな。相手するおれらもやり甲斐《がい》あるし、監督だって喜ぶよな、やっぱりマジイキとウソイキじゃ違うからな」

江戸太郎は懐かしむような口調で語った。

「おれらAV男優はプライベートで女優と付き合うのは御法度なんだけど、相性がいいんで、撮影以外でもなんどか寝たし」

それが自慢なのか、江戸は永井ミクのセックスが如何《いか》によかったかを熱く語った。

「……だから、そんな彼女が結婚して引退すると知ったときはショックだったねえ」

「引退してから結婚したんじゃなくて、結婚してから引退したんですか？」

「どっちだったかなあ？　まあどっちが先でも大差ないでしょ。おれ以外の男を選んだんだから」

江戸は彼女に惚れていたらしい。

「結婚して引退したとすると……AV女優をやりながら、相手を見つけたんだよね。以前から付き合ってたのかもしれないけど」

江戸は複雑な表情で言った。そんなことがアリなのかという不満が顔に出ている。

「ぶっちゃけ、自分のセックスを見せる仕事だぞ。顔にもモザイクかかってないから、誰が見てもモロバレだろ。おれだって同じだが、男と女じゃまた違う。男は性豪が自慢になるが、女の淫乱は褒め言葉にならない」

「自分の仕事にずいぶん否定的なんすね」

「いや、おれみたいに冷静だから生き残ってるのよ。妙に勘違いしてスター気取りのヤツは、問題起こしてすぐに消える」

彼は、業界の厳しさをひとしきり語った。

「永井さんは、どうしてAV女優になったんでしょうか？　その経緯とか、ご存じですか？」

「経緯？　そりゃカネだよカネ。カネ絡みに決まってるじゃねえか。誰が好きこのんで自分のセックスを人に見せるかよ。しかもその評判が一生ついて回るんだ。それにしてもミクは相当稼いでいたけどな」

そうですかと相槌《あいづち》を打つしかない。

「まあだから、そんな世界の出身者として、彼女はウマくやったかもな。まだまだ稼げた筈だが、相手の男が彼女にゾッコンで、しかも相当な金持ちだったに決まってる！」

口調から嫉《ねた》みが隠せなくなってきた。

「ミクが結婚した相手はカタギらしいんだよな。どうせ金持ちなんだろ。金持ちが酔狂で結婚したんだ。ちょっと美人でセクシーで、しかもあれだけセックスが上手けりゃ骨抜きにされても無理はないが。ま、どうせ上手くいきっこねえよ」

この男は永井ミクの破局を願っている。

「おれの見るところあの女はAV女優だった過去を隠して……女なんて化粧を変えて髪型も変えれば見違えるように別人になるからな。で、正体を隠して地方の金持ちのジジイの玉の輿に乗ったんだよ。それに相違ねえよ」

江戸太郎の言葉は矛盾している。一分前に言ったこととツジツマが合っていない。

「ええと、永井さんのお相手はセックスが大好きで、彼女がAV女優だから結婚した？　それとも、永井さんが正体を隠して、地方の金持ちのジイサンをカモにして結婚した？　一体そのどっちなんすか？」

「まあ、そのどっちかだろ」

江戸太郎は急に投げやりになった。

「まあ、どっちにしても相手の男は、人気AV女優を引退させるほどのカネを持ってる訳だよ。おれにはそんなカネはなかった」

そう言うと、黙り込んでしまった。

「あの……永井さんは結婚して、どこに住んでるかご存じですか？」

「さあな。でも、あの女はたしか、湘南《しょうなん》の平塚《ひらつか》か小田原《おだわら》の方の出身だったと思ったけどなあ。小田原のかまぼこ王の後妻に収まって、ジイサンを早死にさせて財産を奪おうとしているんだ、きっと」

ハハハと笑うこの男は腐っている。

これ以上話しても、相手のどす黒い部分が見えてくるだけだと感じたので、早々に立ち去ることにした。

「おい。タダ働きかよ！　謝礼を出せよ！」

いきなり跳び蹴りを食らわされた。

元々ヒヨワでプロレスなどの格闘技に興味のないおれはアッサリと前のめりに倒れ込んだ。江戸太郎は好き放題に蹴りをいれてきた。

渡せるカネもないおれは、黙って耐えるしかなかった。

やがて……江戸太郎、別名エロ太郎は「ちくしょう」と呟きながら乱暴を止めると、逃げていった。自己嫌悪にでも陥ったのだろう。

ダメージは意外になかった。あの男も、セックスは得意だが暴力は不得手だったのかもしれない。

しかし……平塚か小田原と言われても、広すぎる。それだけでは捜しようがない。

考えた末に、おれはネット喫茶に入って、パソコンを使って情報を掻《か》き集めた。

『永井ミク　目撃情報』というキーワードで検索してみると、いろいろ出てきた。

実際に自分の目で見た、という書き込みもあったし、ちょっと前の週刊誌に写真入りで載ってた気がする、と書いてるヒトもいる。しかし、肝心の目撃場所が見事にバラバラだ。小田原城で散歩しているのを見たとか、東武東上線《とうぶとうじょう》の上板橋《かみいたばし》で買い物帰りの様子なのを見たとか、六本木《ろっぽんぎ》で派手な格好で歩いているのを見たとか広範囲に散らばりすぎている。ひどいのは札幌《さっぽろ》にいたというのまであった。

それはまあ、彼女だって旅行はするだろう。小田原に実家があるなら里帰りすることもあるだろうし、六本木に遊びに行くこともあるだろう……。

こういう雑多な情報から必要なものを選《え》り分けていく地道な作業が、本来の仕事なんだろうなと思うと、おれも少しは探偵の気分になれた。

目撃情報を整理してみると、観光地系・遊び場系、そして地味な住宅街系に分類できるようだ。もちろんこの中で注目すべきなのは「住宅街系」だろう。

この系統に登場する地名は、ただひとつ。

「東武東上線の上板橋駅周辺」

ネットの情報は客の丸井も知っているだろうが、おれが社長や江戸太郎から訊いたことは知らないだろう。それらを総合すれば、永井ミクは結婚して上板橋に住んでるんじゃないか、という線が濃厚になってくる。

すでに夕方になっていたが、上板橋に向かうことにした。

池袋《いけぶくろ》から六駅。電車に乗っている間に、緊張のあまり冷や汗が出てきた。

本当に、永井ミクが上板橋に住んでいるのなら……彼女を捜そうと駅に降り立っただけで、さまざまな妨害をされるのではないか。

なにしろ彼女の結婚相手、あるいはバックについている人物は、人気AV女優だった彼女を突然引退させるほどの大金持ちなのだ。凄《すご》い権力を持っているかもしれないし、警察も検察も政府もヤクザも全部、味方につけているかもしれない。

聞き込みを開始した途端に正体不明の謎の男が出てくるんじゃないか？　黒塗りの車に押し込められて拉致されて、ボコボコに殴られて覚醒剤を打たれて山中に放置されるんじゃないか？

丸井睦夫の妄想が伝染したかのように、不吉なことばかり考えてしまう。だが東武東上線は容赦なく進み、あっという間に上板橋に着いてしまった。

電車を降りて、駅前に立つ。

別に、何と言うこともない、よくある私鉄の駅前だ。

ここは南米の麻薬カルテルの本拠地ではない。ただの東上線の上板橋だ。だから、いきなり狙撃されたり拉致されることなんか、あるはずがない。

……とはいえ。

頭の中は、すでにいろんな妄想が膨らんで今にも破裂しそうだ。

道行く人がすべて、「敵」に見える。

「敵」とは何かと訊かれても困るのだが。

闇雲に駅前の通りを歩き回っても、永井ミクの居所が摑めるはずもない。

この町が生活圏なんだったら、何日も張り込んでいればバッタリ出会えるだろうか？

しかし、それも時間がかかりすぎる。黒田社長にとっては、それだけ費用を請求できて儲《もう》かるのだろうが、現場で頑張るのは下っ端のおれなのだ。

とりあえず、人がよく出入りしそうな場所で聞き込みでもするか。

しかし……ライセンスを持っているわけでもない自分はタダの一般人だ。そんな人間が「この人を知りませんか」とかやってると、すぐに通報されてしまうかもしれない。

小動物は用心深い。おれも用心深く動こう……。

聞き込みの第一弾は、さしあたり、目のまえにある弁当屋にしよう。

深く考えることもなく、「すいません……」と店の奥にいる女性に声を掛けた。

「あの、この女性を捜してるんですが……」

永井ミクの着衣写真を見せてみる。

「あ」

その女性が驚いたような声を上げた。

「ご存じですか？」

身を乗り出して、思わず弁当販売のカウンターから女性の顔を覗き込んでしまった。

そこに、永井ミクがいた。

彼女を捜すのは至難の業で、様々な妨害を受けるだろうと思い込んでいたのに……そのターゲットを、あっけないほど簡単に見つけてしまったのだ。

化粧っ気がなく、髪を無造作に束ねて、動きやすいTシャツにエプロン、ジーンズ姿の女性。

顔の基本的造作は整っている。エプロンに隠されている胸も大いに盛りあがっている。

それだけなら他人の空似という事もあるし、ちょっときれいでスタイルのいい女を見ただけでAV女優と決めつけるのは頭がおかしいと思われるだろう。しかし……スッキリした目鼻で「しゅっ」として美しい顎の線という特徴は、誤魔化しようがない。

「永井ミクさん、ですよね？」

彼女は顔を強ばらせた。おれが以前の芸名を聞いたことで、すべてを悟ったらしい。

「見つかっちゃったか……」

サッパリと観念した様子だ。

「なに？　アナタ週刊誌かなにか？　『あのAV女優は今』とか、そういうの？」

「いえ。あなたの熱烈なファンの方の依頼で」

と、つい口にしてしまったが、喋ってから蒼《あお》くなった。探偵は依頼人について余計なことを話してはいけないはずだ。

……でもおれは、探偵としての講習を何一つ受けていないし、熱烈なファンと言うだけならこの世にゴマンといるはずだから、そういうヤツに頼まれたということで、まあいいか。とは言っても、丸井が彼女の住所などを知ってどうするつもりか、全然知らないのだ。

「ふうん。そのファンの人も、まさか、今の私がお弁当屋で朝から晩まで働いてるとは思わないでしょうね。しかも上板橋で」

そう言いながら彼女はコロッケを揚げ始めた。その姿からは、かつてのセクシーなAV女優の艶姿《あですがた》は想像も出来ない。

「まあ、今まで何人かのお客さんに、『どこかで見たことがあるような』とか言われたけど、そのままスルー出来てたのよね」

彼女は、ファンの依頼で調べていることを特に気にしないようだ。彼女はお弁当屋のオバサンではなく、お姉さんだ。看板娘として、彼女目当てに買いに来る客もいるんだろう。

実際、彼女は魅力的だった。化粧もお洒落《しゃれ》もしていなくて地味で自然だからこそ、逆に素顔が美しいんだと判る。

屈託なく笑う笑顔がまぶしいいし、ちょっと化粧をしてドレスアップしたら、きっと見違えるんじゃないか、と想像しただけでドキドキしてしまう。

そう思って見ると……日々の労働ですっかり逞《たくま》しくなった二の腕、Tシャツとエプロンを押し上げている胸、動き回る時にぷりぷり動く形のいいお尻。そしてジーンズに包まれたすらりとした脚が、とてもセクシーに感じてしまう。

ヤバい。かつての人気AV女優・永井ミクの艶姿が脳内に完全に甦《よみがえ》ってしまった。

あくまでもビジネスライクに、と自分に言い聞かせていたのに彼女の裸身を想像して、気がつくと穴が開くほど見つめてしまっていた。

これは、本当に良くないことだとは思うのだが、何も知らない時には普通に接していた女性が実はセックスを仕事にしていたと知った途端、突然よからぬ妄想が怒《ど》濤《とう》のように湧いてくる。永井さんがAV女優をしていたのは仕事で、別に誰とでもそんなコトをする義理はないのだ。けれど裸になって男のモノを受け入れていたんだから、絶対に好色で淫乱でヤリマンに違いない、だったら、イッパツやらせて貰えないか、うまく誘えばやらせてくれるんじゃないか、などとついつい考えてしまう。実にまったく、男というモノは単純で情けない生き物なのだ。

正直、彼女を抱きたいと思った。DVDで見た、あのセクシーな躰に触れてみたいし、彼女のねっとりした舌技でフェラチオをして貰いたい。そして、恐らくもの凄く感触がいいであろう彼女のあそこにも挿入したい……。

そう思っただけで勃起してしまった。

いわゆる劣情が顔に出てしまったのだろう、彼女の視線がいきなり冷たくなった。

「みんな、同じなのよね。私が永井ミクだと判った途端、二言目にはヤラセロって。唯一そう言わなかったし、私を知らなかったのが今のダンナなんだけどね」

ハードボイルドの小説や映画やドラマだと、隠しておきたい正体を曝《あば》かれた謎の美女の手には拳銃が……という展開があるんだと思うが、今の彼女の手には包丁があった。

が、彼女はおれを切り刻むのではなく、キャベツを切り刻んだ。

「どうする？　秘密を守る代償に、私を抱く？　別にいいのよ。私はダンナを愛してるから、一度くらい他の男に抱かれても、なんともないから」

「いやそれは」

正面からズバリと言われた。

ヤバい。本心を見抜かれている。

「なんともないって……それは永井さんは、『なんともない』かもしれないっすけど、ご主人は、そう思わないのでは？」

「かもしれないけど。今までそういうことなかったし……浮気はしたことない、って意味だけど」

そう言った彼女は少し挑戦的な顔になった。

「そう思うなら、このまま帰ったら？」

そう言った後、すぐに弱気になった。

「でも、そうしたら、あんたは私の熱烈なファンだってヒトに、ここの住所とか教えちゃうんだよね？」

彼女は、真顔になっておれを見つめた。

「その人がどういうつもりか知らないけど、ハッキリ言って迷惑だよね。私はもう辞めたんだし。違う人生選んでるんだし。ダンナは知ってる。私が前にAVに出てたことは知ってる。その上で恋愛して結婚したんだから。でも、だからって、ファンとかいう人がウロウロして、私の人生に土足で踏み込んでくるの、困るのよ。ファンの人に感謝してないってことじゃないんだけど、みんなに黙って辞めて姿を消したのは、AV女優・永井ミクを棄《す》てたってことでしょ？　ファンと一緒に」

そういう理屈が通るかどうか判らないけど、と彼女は付け加えた。

「ほかの人は違う考え方をするかもしれないけど……私はそうなの。今言ったことが私の考えなの。誰かに知られたら、すぐにこの住所なんか、わっと広まってしまうと思う。こんなに簡単にバレたんなら、あんた以外の誰かが突き止めるかもしれないとも思うし、逆にあんたは捜そうと思っていたから、私を見つけられただけなのかも、それなら逃げ切れるって気もする。どっちが正解なのかは判らないけど」

彼女は、そう言うと、店の窓口をピシャリと閉めた。店の中の電気も消えた。

これで終わりか。彼女はこれ以上関わり合いたくないのだ。これ以上おれと話をしたくないのだ。

探偵って、後味の悪い商売だなあ……。

おれはそう思って、店を離れ、駅に戻ろうとした。

「ちょっと待って」

背後から彼女の声がした。

「ね。裏の入口からこっちに回って来て。ね」

言われるまま裏口から調理場に入ると、彼女がオイデオイデをした先は、四畳半くらいの畳敷きの控室だった。

「ここは、ちょっと休憩する場所。朝から仕込みをして、お昼時までちょっと休んだり、ランチタイムが終わって、夜までちょっと昼寝したり」

「あの……ご主人は？」

「ウチはお昼時が一番忙しいの。で夜はまあ、ボチボチね。ダンナは昼が終わると、いろいろ材料を買い出しに回ったり、銀行行ったり税務署行ったり、まあ外回りしてるのよ」

彼女は、エプロンをとった。

Tシャツの胸は、見事に盛りあがっている。

「私は、この生活を守りたいの。そのためには、さっきも言ったけど、私はダンナを愛してるから、一度くらい他の男に抱かれても、なんともないから。大事なのは私がダンナを思う気持ちなんだから」

彼女は立ったままのおれの足元にしゃがみこむと、ジーンズのベルトを外しジッパーを降ろそうとした。

「あんたに口止めのお金も渡せないし……こういうことしか出来ないから」

「あ、いや、けど、おれは別にそんなつもりじゃなくて」

そんなつもりがないわけじゃない。けれど、これじゃまるで強請《ゆす》りだ。秘密を守ってやる代わりにカラダを寄越せヒヒヒヒヒでは、まるで卑劣なヤクザか悪代官じゃないか。

たしかにおれは丸井睦夫ほどではないけど永井ミクのファンだったし、本人を目の前にして妄想もした。そして一応仕事ではあるのだから、住所を知ってしまった以上、丸井に知らせなければ料金が貰えないし、おれも借金が返せない。

しかし……それはこっちの理屈だし都合だ。彼女の生活がメチャクチャになってしまうかもしれないのに、おれはその責任を取れない。

いや……取れる手段は一つだけある。

「……これでも私、永井ミク時代にはフェラの女王と言われたのよ」

彼女はパンツからおれの分身を取り出して、くぱぁっと口の中に入れてしまった。

恥ずかしいことに、おれのそれはもうマックスまで屹立《きつりつ》していた。

上目遣いにじっとおれを見つめながら、舌を這《は》わす、その姿はAVで何度も見た。

その目付きがねっとりして、なんとも色っぽかったのだが、今、彼女はおれを見つめているのだ。

しかも、その舌遣いは視線以上にねっとりして、おれのペニスをねろねろと這い回る。

ぺちゃぺちゃという湿った音が、なんともワイセツさを盛り上げる。

「誰かいい人でも居るんなら申し訳ないけど」

「いえ、居ません。いやその、永井ミクさんにこんなことされるなんて、逆に、なんというか、非常に光栄というかなんというか」

四畳半の汚れた畳の色が目に痛い。

彼女はTシャツにジーンズ姿のままだ。この、いつもの通りの姿で、というのがまた、もの凄く刺激的なのだ。

これは、ナースの人やデパートのエレベーター嬢を制服のまま犯したいという気持ちと同じかもしれない。よく顔を合わせる隣の奥さんを押し倒したいと思うのも、いつもの普段着だからいいのだ。いや、いつもそんなことを考えているわけではない。考えてはいないけれど……今はそんな心境だ。

そして今、彼女にこういう行為を強いている、と言えなくもないおれは悪者になってしまった。秘密をばらすと脅して、彼女を自由にしている悪者になってしまったのだ。

旦那が急に帰ってくるんじゃないか、どこかの隙間から誰かに覗かれるんじゃないかというスリルも感じた。なんせ、ほんの少し前までAV界のスターだった彼女が、無名の、ただの一般人のおれの股間に、魅惑的な女体を折り曲げて、顔をくっつけているのだから。

彼女の舌の感触を充分に味わうヒマはなかった。興奮しすぎたあまり、あっという間に果ててしまったのだ。

彼女が頭を前後させるたびに、形のいい胸とヒップがゆさゆさと揺れた、その光景だけは、鮮烈に目に焼き付いているのだが……。

彼女は上気した顔をあげて、「どう?」という感じでおれを見た。

「……あの、なんか、こういうのは、永井さんの弱みにつけ込んでるみたいで、おれとしてはちょっと」

「ちょっと、ナニ？　あんたは立派に私の弱みにつけ込んでるでしょ？　だったら、堂々とつけ込めばいいのよ。私はその代償を払うって言ってるんだから」

彼女の顔が近づいてきて、おれたちは唇を重ねた。

ぽってりした、柔らかで温かな唇だった。

舌がするりと入ってきて絡まった時、感激のあまり息ができなかったほどだ。

正直に言えば、おれはまだ、童貞だった。

手を回して、彼女を抱きしめた。

腕の下で彼女の肉体がぐにゅっと形を変えた。

痩せた女は見た目だってよくない。出るところは出て「ボリューミー」な肉体の方がエロい。永井ミクはそういう肉体を持っていた。

ぐっと抱いてもまだ抱き足りないほどの、量感溢れる彼女の肉体の素晴らしさといったら！

そして、彼女はおれにしな垂れかかってきた。その体重を感じて、おれはますます幸せな気持ちになった。セックスをしなくても、ただ彼女を抱いているだけで満足してしまったのだが……気持ちはそうでもおれの肉体は満足しない。

理性は簡単に本能に負ける。

夢中で彼女のTシャツを剥ぎ取った。

露《あら》わになった彼女の肌はすべすべしていてハリがあった。摘《つ》まむと盛り上がるお肉の感じがとてもいい。

ブラ姿を見た瞬間、おれの血液は沸騰した。自分自身、こんなに「血が上《のぼ》る」ものかと驚いたほどに興奮して、夢中になってブラを引き千切るように毟り取った。

そこにはDVDで見た彼女の乳房があった。

大きく盛りあがった、実に形のいい双丘。三十近い年齢を考えると奇跡的と言っていい、見事な形。

「……マジすごいっすよ。綺麗っすよ！」

思わず賛美の言葉が口をついた。

彼女も……しっかりと抱きついてきた。脅しに屈して、口封じのために仕方なくカラダを投げ出した……そういう設定のはずなのに、彼女も妙に「その気」になっているとしか思えない。

彼女の乳房がおれの胸でむにゅっと潰れ、全身が密着した感じになった。彼女の性格そのままの、とても温かい躰だ。

手が伸びてきておれの男性を触り、遠慮なくしごき始めた。唇はキスをしたまま、胸には彼女の乳房が密着し、脚だって絡んでいる。

このまま死んでもイイと思った。今、この瞬間に死ねば借金もチャラになって天国かもしれない。

いやしかし、こうなったら彼女に挿入して、文字通り昇天したい。それまでは死ぬに死ねない。

おれの男性は、再び大きくなり、痛いほどに勃《た》ってしまった。

彼女はもぞもぞ動いて、ジーンズもパンティも脱ぎ捨てた。

永井ミクが全裸になったのだ！　そして全裸の永井ミクが、おれの上に乗ってきたのだ！

彼女は両脇から大きな乳房を押さえつけて深い谷間を作ると、おれの男性を挟んでカラダ全体を動かし始めた。

柔らかな乳房が、おれの怒張をやわやわと包みこんでいる。おれも手を伸ばして、彼女の背中やお尻を撫《な》でた。

お尻の量感は圧倒的だった。手の中でぐにゅっと形を変えつつ、むにむにと指を押し返してくる。イイのか。こんなに幸せで。

しかし、このままだとまたすぐに果ててしまいそうだ。今度こそ、なんとしても、彼女の中で終わりたい。

そういうおれの気持ちを察したのか、彼女は、「入れたい？」と聞いてくれた。

その表情は、なんだか少女のようにはにかんでいた。

そのまま騎乗位に移行して、彼女は躰をずらせて、おれのモノを自分の中に誘いこんだ。

彼女が腰を沈めてくると、おれのモノが、肉襞《にくひだ》の中にどんどん入っていくのが判った。

かっとするほど熱く濡《ぬ》れたその場所は、とにかく柔らかだった。綿のような、優しい柔らかさとでも言うのか。しかもその柔襞が四方からおれの欲棒を包みこんで、締めてくる。

ああ、これが女のヒトのカラダなんだな。なんて気持ちがいいのだろう……。

しみじみと感動した。もちろん感動より興奮の方が大きいのだけれど。

これだから、男どもは目の色変えて女とヤリたがるのか。そして永井ミクのDVDを買ったりレンタルして見まくっていたのか。

そんな永井ミクとおれは今、セックスをしてるんだぞ！

女性上位のまま、彼女は腰を使い始めた。

この姿も、彼女のAVで何度も見た。美術品のように美しくて量感のある乳房が、ぶるんぶるんと前後左右に揺れ、くびれた腰が軟体動物のようにくねくねと揺れて蠢《うごめ》く。

その動きだけでもワイセツ極まりないのに、彼女の中に、おれの屹立したモノが収まっているのだ！　おれのペニスは、彼女の痴肉に包まれて、くにくにと締めつけられているのだ！　どうだ、羨ましいだろう！

おれは、数万の永井ミクのファンに大声で自慢したかった。

彼女のワイセツな肉体が蠢くのを間近に見る幸福感を、彼女と交わっている奇跡のようなこの瞬間を、なんと表現していいのだろうか。

彼女も感じてきたのか、腰を使うたびに、甘い声を洩《も》らし始めた。

「ああン……いい。いいわ。私、実は、久しぶりなの……毎日の生活に追われちゃってね。あんたみたいなイキのいい若いコとするのはもっと久しぶり。ああ、か、感じる……」

その時はよく判らなかったのだが、彼女はクリトリスが感じるらしく、しきりに下腹部をおれに擦りつけてきて、ピストンではなく弧を描くグラインドを始めていた。

おれは、屹立したモノがぐいぐい揺さぶられる、そのめくるめく感覚に酔い痴《し》れた。

彼女の全身が動くたびに、その振動が全身の肉に伝わって、波紋のように広がっていく。

マジで、カラダ全体で官能を味わっている気がする。しかもおれの上で裸身を見せつける彼女のエロいことと言ったら！　こんな素晴らしい眺めも、実際に彼女とやっているからこそ目に出来るのだ。

何度でも言うぞ！　ああおれは、なんという幸せ者なんだろう！　空想ではなく、生身の永井ミクとヤッてるんだぞ！

彼女が潤んだ目でおれを見て、訊いた。

「ね、アナタが上になる？　それとも、今のままがいい？」

ここは男として彼女を感じさせ愉《たの》しませてあげなければいけないと思ったので、正常位を希望して上になった瞬間に、思いきり突き上げてみた。

「あふう！」

奥の奥まで先端が入りこんだ感じがして、彼女もぶるぶると官能に打ち震えた。

「結婚するとね……なんか、いつでも出来るって感じになって、仕事も忙しいし、疲れるしで、ついついご無沙汰しちゃって」

彼女はなんだか言い訳めいたことを口にした。

「ああ、感激だよ、ミク！」

おれはそう叫びながら全力で深く突き上げ、長いストロークでピストンをした。

その度に彼女は全身をがくがくさせて感じている。

腰を使いながら彼女の巨乳を掴みあげると、面白いようにむにゅむにゅと変形して、硬く勃った乳首が実にイヤらしい。

その先端に歯を立ててみた。

「ひあああ！　あはあ！　ああ、感じる……感じすぎる！　凄い。あなた、凄いわ。こんなの、撮影の時以来よ……」

片方の乳首をかちかちと軽く噛《か》みながら、もう一方の乳首を指先でくじりあげた。

もうそれだけで彼女は息も絶え絶えという感じでよがり狂う。

彼女が感じるたびに、柔襞がぐいんと締まる。思いきり突き上げると、子宮の入り口なのか膣《ちつ》の底なのか、そういう壁にぶつかったが、彼女は悲鳴のような、しかし甘く切ない声をあげる。

ずっとオナニーで鍛えていたせいか、フェラチオではあっけなくイッてしまったが、セックスでは思いがけず長持ちをした。

しかし、ついに、躰の芯から猛烈な力で熱いものが込み上げて来るのを感じた。オナニーの射精はある程度コントロール出来るが、この躰の芯から沸き上がる、爆発のような圧力には抵抗出来ない。それはそれは圧倒的なパワーだった。

「あ！　ダ、ダメだ！　い、イッてしまう！」

本能の赴くままに、思いきりぶちまけた。

彼女の躰の上にがっくりと倒れこんで、呻《うめ》くように言った。

「ごめん……先にイッちゃった……」

けれど彼女は優しく背中を撫でてくれた。

「私も、よかったわ。こんなの久しぶりだし」

思いっきり達した後に見る彼女の顔は、なんとも美しかった。神々しいと言ってもいい。上気した顔と躰には生命力が溢れている感じがして、眩《まぶ》しくて……そして、とても優しい表情だった。

まさに、女神様。

彼女の出演作を見てトリコになった丸井の気持ちがよく判った。彼女に限らずAV女優のお世話になった男は、彼女たちを敬《うやま》いこそすれ、絶対に見下したり軽蔑してはいけない。それが女神に対する態度ではないか！

しかもおれは、本物の永井ミクとヤッて、しかも、童貞を棄てさせてもらったんだぞ……。

＊

事務所に戻り、一部始終を社長の黒田に報告した。もちろん、彼女とヤッた件は伏せて。

「なるほどな」

黒田はニヤニヤしながらおれの報告を聞いていた。もしかすると、バレていたのかもしれない。

「つまり今は地味だが幸せな毎日やと。この生活を誰にも邪魔されたくない。要するに、そういうことやな？」

はい、と頷くおれ。

「で、上板橋の住所を丸井に教えるんすか？　けどあの男が弁当屋に乗り込んだりしたら、永井さんの今の幸せがぶち壊しになるんで」

だから教えてはなりません、とおれが力説しようとした瞬間、黒田はおれのアタマを手にした扇子でしたたかに叩いた。

「何甘いコト言うとるんや！　お前、人間を舐《な》めとるんやないで。この若造が」

意味が判らない。

「人間、そんなにヤワやない、ちゅうこっちゃ。彼女のダンナにしたかて、お前みたいに童貞丸出しのひ弱なアホちゃうやろ。人気ＡＶ女優と知ったうえで結婚するくらいガッツのある男や。多少のトラブルくらいふっ飛ばすパワーを持っとるはずや」

そう言われたら、そうかもしれない。

「それにやな」

黒田社長は、ニヤニヤして言った。

「他人が揉《も》めるのはオモロイやないか。そのカタい愛情で結ばれた弁当屋の夫婦のところにオタクな丸井が乗り込んだら、どないな騒動になるか……そら見ものやで」

なあ、と事務所の中にいたじゅん子さんと愛人のあや子さんに同意を求めると、彼女たちも即座に同意した。

「そうですね。仲裁とか調停とか、口利きみたいな新しい仕事が舞い込むかもしれませんし」

じゅん子さんはあくまでも冷静だ。

「めっちゃ面白そう！　マッチョな弁当屋のダンナがエロオタクをやっつけるんだよね。見てみたいなアタシも」

あや子さんは無責任に面白がっている。

「ま、案外、エロオタクの丸井が勝利を収めるかもしれんけどな」

黒田社長のニヤニヤは止まらなかった。

＊

「ということで、調査の結果が出ました」

わざと数日の時間を置いて事務所に呼び出した客の丸井に向かって、黒田は厳《おごそ》かに調査報告の概要を伝え始めた。

「ずいぶん早く判ったんですね！」

丸井の目はキラキラと輝いている。

しかし、黒田は渋い表情を作って、言った。

「結論から申します。あんた、諦めたほうがええ」

丸井の顔が凍りついた。

「え？」

理解出来ないらしい。

「ウチの優秀な探偵が調べた結果ですわ。悪いことは言わん。きれいさっぱり諦めなはれ」

「え？　いや……しかし、それはどうして？」

「この男を見ても判らんか？」

黒田社長は、おれの首根っこを摑んで丸井の目の前に突き出した。

おれはというと、社長とじゅん子さんに顔じゅう包帯をぐるぐる巻きにされて、ミイラ男みたいな格好にされていた。それにプラスして足にはギプスまで塡《は》まっている。

「永井ミクのバックには、それはそれは怖ろしい強大な力があるんですわ。この探偵の、変わり果てた姿を見てもまだ判りまへんか？」

丸井はおれを見て顔を引きつらせた。ようやく事態が呑み込めたらしい。

「全身打撲に眼球破裂の一歩手前。多臓器不全に右足大腿部《だいたいぶ》の骨折で、全治三ヶ月の重傷や。治るまで仕事が出来へん。こいつがこうなったのも、永井ミクの秘密に触れてしもたからなんですわ。お判りでんな？」

はい、と丸井は蒼くなって頷いた。

「調べはつきました。しかし、その真相を一言でも口外した瞬間、この男は東京湾に浮かぶことになります。そしてやな、事実を知ったあんさんも、遠からず同じようなことになると思いまっせ」

丸井は、ごくりと唾をのんだ。

「あの……一つだけ、教えてください」

「言えないことだったら堪忍だっせ」

黒田が予防線を張る。

「永井ミクさんは、今、幸せなんでしょうか？　幸せに暮らしてられるんでしょうか？」

意外な質問に、黒田はおれを見た。

どう答えたものか、困ってしまった。

「……お答え出来まへん」

黒田は厳かに言った。

「では、そういうことで。ご了解戴けましたでしょうか？」

横からじゅん子さんが事務的に告げる。

「ご了解戴けたのでしたら、調査費の割り増しのご請求です。調査員がこのような状態になりましたので、治療費と休業補償、そして調査員への慰謝料として都合、百五十万円を申し受けます」

「ウチの大事な大事な探偵を危険な目に遭わせた代償、ちゅうことで、どうか一つ」

黒田は怖い顔をして、頭を下げた。

「あの……カードでいいでしょうか？」

「カーズ、ウェルカムですわ！」

社長は破顔一笑して応えた。

「しかし……ちょっとやりすぎではないのでしょうか？」

じゅん子さんに顔の包帯を取って貰いながら、おれは丸井がかなり気の毒に思えてきた。二百万ものカネをふんだくられていながら、具体的な情報は何一つ得られなかったからだ。

「ほたらお前は、あのオタクに、永井ミクの住所とかを全部教えてやるべきや、ちゅうんか？　えらい矛盾しとるやないか。お前は永井ミクの、今の幸せを守ってやりたかったんやろ？」

「それはそうっすけど……」

おれとしては、彼女の大ファンだった丸井に、それなりのきちっとした「お別れ」をさせてやれたのではないか……それを考えていたのだ。

「偽の墓を教えて、墓参りさせるか？　けどあの手のガキは月命日ごとに墓に行くで。そのうちに本物の遺族と鉢合わせや。そら困るやろ？」

「お花とお供えがあるだけで揉めるわよ」

遊びに来ていたあや子さんも言う。

「愛人か隠し子かって家庭争議よ」

黒田があや子さんに合図をし、あや子さんがいそいそと冷蔵庫を開ける。ビールでも出すのかと思ったら、栄養ドリンクだった。

「余計なことは考えるな。要するに、手の届かん女に金を突っ込んだ男がドアホやったっちゅうこっちゃ。世の中、この程度のアホがウジャウジャしとるから、わしらが商売になるんや。よう覚えとき！」

黒田は栄養ドリンクを一気飲みして、ニヤリと笑った。あや子さんも言った。

「なんでミクを庇《かば》うかなあ？　どうせアレでしょ？　あんた、ミクとイッパツやって骨抜きにされたんじゃないの？」

ズバリ言い当てられたので、腰が抜けるほど驚いた。

「やだぁ。ナニ、マジでビビってるのよ！　ミクがあんたみたいなひ弱な童貞くんとセックスするわけないじゃない！」

ミクを個人的に知っているような言い方だ。あや子さんはもしかして、本当にAV嬢なのだろうか。

「まあ、お前は我が社に多大な売り上げをもたらした。その功績を称《たた》えて、あや子とイッパツやるか？　それとも3Pやるか？」

黒田が真顔で訊いてきたが、ハイと返事をしたらマジで全治三ヶ月の重傷を負いそうだ。

「ときに今何時や？　経済ニュースやっとるやろ。テレビつけてんか」

あや子さんがリモコンを操作し、音声が流れてくる。

『……次に、業績好調が伝えられる新興IT企業「ゲゼルシャフト・シュヴァルッ」ですが、来月、東証マザーズへの上場が決定しました』

社名を聞いた途端、呼吸が浅く激しくなった。怒鳴られ人格を否定され仕事は教えてもらえず、月百時間の残業代も踏み倒され、あげくシステムダウンの責任を押しつけられ、結果的にヤミ金からの借金を背負わされ……。

目の前が暗くなり、気がつくとまた、じゅん子さんにコンビニ袋を口に当てられていた。

「なんや、また過呼吸かいな。たかだか百時間が何やっちゅうねん。牛丼屋には月百六十時間ゆうチェーンもあるで。何？　グ《G》ループ・サ《S》ウンドみたよな妙な名前の会社が上場したんが悔しい、神もホトケもない……ってお前はアホか！」

おれは立ち上がり、息も絶え絶えに言った。

「やっぱ辞めさせてもらいます。ブラック企業に食い物にされるのは一回で充分《じゅうぶん》っすから」

「一回で充分てそれどういう意味や？　まるでココもブラックみたいな言いぐさやないか」

『みたい』ではなく『そのもの』だろう。

「まあ待てや。これでもな、社員のコトは考えとるんや。お前の家族の居所、調べたったで。聞きたいか？」

黒田はニヤニヤしている。

「せやな。教えたってもええわ。お前の働き次第ではな。とりあえず、あと三つ、持ち込まれた案件を解決するこっちゃ。決して悪いようにはせんから、まあ頑張りや」

嘘かホントか判らないが美味《おい》しそうなエサを目の前にぶら下げられてしまった。どうするべきか？　ここにいれば差し当たり職住は保証される。それに……探偵の仕事を実地で覚えれば、夜逃げした家族の居所も自力で捜し出せるかもしれない。いやいや、その前に過労死してしまうかも……。

心が千々に乱れるおれ。

「とりあえず、初仕事の成功おめでとう！」

じゅん子さんだけが、まともにおれを労《ねぎら》ってくれた。

「ハイ、祝杯を挙げましょう」

手渡されたのは、黒田が飲んでいるのと同じ栄養ドリンクだった……。

第二話　優しくしてね

「おい飯倉、おんどりゃ無駄飯食うとるんなら駅前にチラシでも配りに行ってこいや」

怒鳴りつけられたおれは一瞬縮み上がった。毎度のことながら恐怖のあまり失禁しそうだ。

おれを睨《にら》みつけているのは黒田十三。このブラックフィールド探偵社の社長だ。

そして縮み上がっているおれは飯倉良一。ブラック企業に騙《だま》されて借金を背負わされ、実家に助けを求めようとしたが、すでに一家まるごと失踪、その家族を捜してもらおうとここを頼ったのが運の尽きだった。

このブラックフィールド探偵社は、おれに借金を背負わせたブラック企業以上にブラックな、とんでもない勤め口だったのだ。おれはヤミ金融から金を借りたが返せず、追い込みをかけてきたのがほかならぬこの黒田社長だった。ヤミ金が探偵社まで経営してるなんて、想定外ではないか。

黒田に「貸した金は、オノレのカラダで返せ。それで許したる」と脅され、おれはここに住み込みで働くことになった。

ところが、依頼がない。まったくない。

「聞いとるんかワレ！　この穀潰しがっ。チラシ撒《ま》いて客の一人も引き摺《ず》って来んかい！」

以前ならこれだけで縮み上がって、言われるままになんでもしただろうけど……人間というのは慣れるものだ。毎日ヤクザ口調で怒鳴りあげられるうちに、おれの感覚もマヒしてきたようだ。恐怖からの立ち直りが早くなったし、何とか言い返す勇気も身についた。

「無駄飯食うてと言われますけど、社長にご馳走《ちそう》になったことはないし、給料だって最初は固定給五万というハナシがいつの間にか歩合制になって、仕事のなかった先月はゼロで、そこから借金分の回収に利息がついて……結局、増えてません？　おれの借金」

このブラックフィールド探偵社は間違いなく完全にブラック企業なのだが、哀《かな》しいことに、ここを辞めるためには失踪するしかない。しかもヤミ金会社と連動しているので、どこに逃げても、地獄の果てまで追われ、探し出されるに違いない。

「それに社長。配りたくてもチラシなんかないっスよ」

「お前はホンマに指示待ち世代やな！　なけりゃ自分で作るっちゅう了見はないんか！」

こういう時、まあまあまあと割って入る役目が事務一般を担当する上原じゅん子さんだ。性格がキツい分、しっかり者のこのヒトがいなければ金の出し入れも含めて、すべてのことがまったく何ひとつ動かないので、さすが強面《こわもて》の黒田社長も、じゅん子さんには頭が上がらない。

「ったく……貧すれば鈍すとはこの事や！　みんな貧乏がイカン！　なんで客が来んのや」

黒田は不貞腐《ふてくさ》れた。

「コロシの依頼はあるんやけどな……二つ三つ引き受けたらビルが建つくらいのカネになるんやが……」

黒田はおれを見てニヤリと笑った。

「どやお前。おれの代わりに、二十年くらいお勤めしてくるか？」

「辞めさせてもらいます」

おれが席を立とうとすると、じゅん子さんが引き留める。もはや何度目になるか判らないお約束のやりとりをしているところに、ノックがあってドアが開き、如何にも腰が低そうな、初老の男が顔を覗かせた。

「こちら、探偵社さんで？」

「如何にも」

重々しく答える黒田に初老の男は言った。

「実は……お願いしたいことがありまして」

作業服にネクタイ。胸には『小金《こがね》製作所』という刺繍《ししゅう》文字がある。

「私、小金和一《かずいち》と申します。小金製作所という小さな工場をやっております」

名刺を出した男は、じゅん子さんにお茶を出され、一礼しつつ名乗った。

「ウチは、規模は小粒の非上場の町工場ですが、技術力の高さは折り紙つきと自他共に認めています。アメリカの半導体大手の某社などを取引先に持っておりました。かつては、ですが。そして今は、ある非常に特殊な精密機械の、しかもその性能のカギを握る部品を開発製造しているのですが、突然、納入先から取引を打ち切られてしまいました。このままでは一家五人に従業員三人が路頭に迷い、心中するしかありません」

小金は深刻な面持ちで語った。

「外国の……というか隣の国ですが、そこのライバル企業が、同等のスペックを持つ製品を常識では考えられない低価格で売り出したので、ウチは顧客を奪われてしまったのです」

いかにも無念そうだが黒田は冷たい。

「そらまあしょうがおまへんな。きょうび、ようある話でっしゃろ？」

よくある話だ、とおれも思った。

あまり気乗りがしていない様子をアリアリと見せて黒田は続けた。

「そういう時は、新しい取引先を開拓する。それかもっと良い製品を開発する。一番ええのんは競争相手より納入価格を下げる。それしかおまへんな」

そう言って依頼人に同意を求めるように頷いたが、小金は悲鳴のような声で即答した。

「値下げは無理です！　コストはもうすでにギリギリまで削っているし、研究開発にかかった多額の費用で借金もあります。これ以上値下げすると、売れば売るほど赤字になってしまいます。新しい取引先を見つけるのも無理です。ウチが部品を納入している『精密機械』は非常に特殊なものなので、販路はきわめて限られてるんです。新製品の開発だってすぐには無理です」

がっくりと肩を落とす小金に、黒田はうんざりした口調だ。

「そうやってアタマから何もかも無理や言われたら、私らもう何も言えまへんな。イヤしかしホンマのところ、これはウチに相談にくる案件やないと思いますけどな。ここは経営コンサルタントやないし」

そう言われても、小金は愚痴のような、言い訳のような繰り言を続けるばかり。

「私は……職人のサガなんでしょうなあ。凝り性で完全主義なもので、長い年月をかけ、金に糸目をつけずに、納得のゆくものを開発しました。だが、それが裏目に出てしまったんです。収縮率が70%、毎分数百回を超える振動、吸いつくようなラテックスとシリコンを絶妙に配合した表面の感触、ランダムに発生するf分の1ゆらぎ……」

専門用語がふんだんに出て来る説明を聞いたおれは、小金製作所が作っているモノは、きっと科学の最先端をいく、ものすごく優秀な製品なのだろうと思った。いったいどんな精密機械なのだろうか。

「それだけに、私が心血を注いで開発したものと、ほぼ同程度の性能を持つ製品が外国で開発され、製造されている事が信じられないのです。しかもウチの半値というのがもっと信じられないのです！」

「まあまあ小金はん。オタクの憤りはよーう判りますけどな、世の中そういうモンでっせ。努力したらしただけ報われるっちゅうのは所詮、綺麗事ですわ。あんたもええトシなんやから、いい加減、現実を見なはれ」

黒田は葉巻を取り出し、クリスタルの灰皿とセットの、巨大ライターで火をつけた。早く帰って欲しい客への、無言のサインだ。

「それともアレでっか？　ライバル企業を焼き討ちするとか、納入先の担当者の弱味を握ってガタクリ掛けて取引を復活させるとか、そういうご希望でっか？　その方面のアクションのある依頼やったら、当社でお受けします。むしろ、そっちが専門……」

じゅん子さんが腕を突ついたので、黒田社長は口を噤《つぐ》んだ。

恐ろしいことをナチュラルに言い切る社長に、おれは戦慄した。それを実行するのは、このおれなのだ。

小金製作所の社長もこれには引いてしまったのか、黙り込んだ。黒田が続ける。

「こういう問題ではなあ、綺麗事言うても始まりまへんで。手を汚さん合法的な解決やったら、弁護士に頼めば宜しい。何もウチに来る必要はないんや」

そう言われた小金社長は、ようやく決心がついたという表情で、キッと顔を上げた。

「実は……ウチの技術が……もしかして盗まれたのではないか、と……。人を疑ってはいけないと、私は先代の社長だった親父《おやじ》から、そう教わって大きくなったのですが」

小金製作所の社長は遠くを見る目になった。

「私がまだ小学生のころでした。私は偶然、見てしまったんです。おふくろが若い従業員とホテルから出てくるところを。パニックになった私は大慌てでそのことを親父に言いました。大変だ。お母さんがお兄ちゃんに取られてしまう、と。しかし親父は、おふくろを問いただすどころか私を叱ったのです。告げ口はいかんと。母さんにもお兄ちゃんにも何か事情があったに違いない、母さんはきっと誰にも聞かれないところで、お兄ちゃんの相談に乗ってあげていただけなんだよ、子供の浅い考えで人を疑うようなことをしては絶対にイカンと」

「だめっしょ、それでは！」

おれは思わず声を上げてしまった。お前は考えが浅い！　と親に叱られ続けて育ったおれでさえそう思った。だがこの依頼人は「偉大なる親父の教え」に一片の疑問も持っていないらしい。

「……人を疑ってはいけない。ましてや身内を疑うなんて、という教えを守って私はやってきました。従業員といえば子も同然。わが小金製作所のために働いてくれている従業員を疑ってはいけない……親父に言われたとおり、私もずっとそう信じてきたんですが」

「落語に出て来る長屋の大家みたいなこと言いはりますな。今どき尊いお考えやと思いますけど、そらあんた、ガンジー級の理想論でっせ。人を見たら泥棒と思え。飼い犬には手を嚙まれると思え。条件のいい求人はブラックと思え。料理のうまい女は結婚詐欺と思え。高利回りをうたうファンドには身ぐるみ剝がされると思え……あと、何やったかな、そうそう、やたら勇ましい政治家は国を滅ぼすと思え。いや、もっとあったな」

太い指を折って数えていたが、それ以上思い出せなくなったようだ。

「まあええわ。要するに従業員は経営者から金も得意先もノウハウも盗むと思え。これが現実や。せやからワシは従業員には肝心なことを何ひとつ教えまへんのや」

黒田はドサクサ紛れに自らのブラックぶりを正当化してみせた。

「ちなみに、人を疑うなと教えたあんたの親父さんは、一度も従業員に騙されたり裏切られたりしたこと、おまへんのか？」

「実は……」と依頼人は肩を落として「飼い犬に手を噛まれた」実例を挙げ始めた。

「大したことはないのですが……支払いのために用意していた大金が消えたことが何回か。経理を頼んでいた事務員が辞めたあと、帳簿と通帳の残高が合わなかったことも……」

「あんたのお母はんはどないなった？　その、ホテルで従業員の相談に乗ってた、いう」

「おふくろは……いなくなりました。おふくろが相談に乗っていた『お兄ちゃん』も同時に消えまして」

……それっきり、だという。

「思いっきり噛まれとるやないか。と言うよりアンタ噛まれすぎやで。ズタボロや」

「はあ……仕方がないです。親父も私も、運が悪いもので」

「せやからそれ、運が悪いのと違う！　あんたもあんたの親父さんも甘く見られて、性根の悪い従業員にええようにされただけや！　アンタらには危機管理っちゅう概念がないんか！」

「そう……なんでしょうか。まあそういう不運？　不運ではなく私の危機管理の甘さ？　つまりいろいろなことがたび重なって、昔は人工衛星の主要部品を提供するような工場でしたのに、今では……ハッキリ言って零細な、それもあまり大きな声では言えないようなモノの部品を細々と」

「まあそれはどうでもよろしいわ。それよりあんたがウチに来たっちゅうことは、もう、あんたの中で結論は出てるワケですな。さっきも言うたコトやけど、ウチがどういう探偵社か、あんた知ってて来はったんやろ？」

「はぁ……あまり表には出せないような、そういう解決法というか、ユニークなソリューションを提供されているところだと」

「ユニークなソリューション？　ものは言いようやな」

　その言い回しが気に入ったらしい黒田は、ダハハと大笑いした。

「つまりウチに来た、いうことは、あんたはあんたの会社から大事な技術を盗んだのはどこのどいつか実はもう判っとるけれど、警察に被害届け出したり、弁護士頼んで裁判に訴える気ィは無いちゅうことやろ？　合法的なオトシマエをつけるのは諦めてるんやろ？　で、どないすンねん？　その盗《ぬす》っ人《と》にあんた、どうオトシマエつけさせる？」

黒田はおれの想像どおりのオトシマエ、いやソリューションの提示を開始した。

「その一、そいつの腎臓を取って売る。その二、そいつをマグロ漁船に売り飛ばす。その三、そいつを東京湾に沈める。その四、そいつを山奥の産廃に埋める。その五、そいつを基礎工事中のマンションの現場に埋める。その六、そいつを造成中の宅地に埋める。その七……」

次はどこに埋めると言い出すのかとおれが予想していると、依頼人が悲鳴のような声で遮った。

「いえそんな……埋めるだなんてトンでもない……一度は家族と思った人間ですから」

黒田は依頼人をどんぐり眼《まなこ》でぎろりと睨んだ。

「この期に及んであんたヌルいこと言うなや。そんなやからあんた何度でも飼い犬に手ェ噛まれるんや。いい加減腹くくって覚悟決めんと。せっかくここに来たんやから」

「いえあの……覚悟だなんて、そんな……勘弁してくださいよ」

依頼人は狭い額にびっしりと脂汗を浮かべ、怯《おび》えきっている。探偵社に依頼に来たはずが、いつの間にか脅されて殺人の共犯に引きずり込まれようとしている……

ぐらいには思っているのかもしれない。

「私としては……元の得意先が取引を再開してくれて、発注がウチの工場に戻ってきてくれさえすれば、それでいいんです。埋めるとか沈めるとか……そういうのは極力なしの方向で」

「せやな。埋めたり沈めたりはせんけど、合法的な手段では埒《らち》があかへんから、多少は痛めつけてオトシマエをつけたると言うことやな？　あんまりオモロないけど、まあええわ」

黒田は苦笑いを浮かべた。

「キッタハッタはヤクザのすることや。ワシらは探偵やから、それなりの方法でやりまっさ。安心しなはれ。なあ飯倉？」

おれに向かってウィンクしたが、おれにはギロリと睨みつけられたようにしか思えない。

「あ……有り難うございます。それを聞いて、ホッとしました」

小金社長は涙を流さんばかりだ。

「これで話は決まったな。そんでやな。あんたの工場から発注を奪ったのはどこの会社か、それと技術を盗んだ外道の名前、そんだけ教えてくれたらよろしいわ。後はウチが、ウチなりの方法でやらせて貰います」

依頼人の小金和一は、その外道こと泊田三郎《ぱくりださぶろう》という名前と、趣味がキャバクラ通いと競馬であること、いきつけのキャバクラの名前と場外馬券売り場の場所を社長に教えた。

＊

上野《うえの》の外れ、日光《にっこう》街道沿いにある築四十年は経つ雑居ビル。その一階に、如何にも場末のスナック『憂国』があった。今回の作戦の舞台になる店だ。

「さあ、入れ」

黒田に促されて濃紫にラメの入った分厚いアクリルのドアを開けると、強烈にカビくさい臭いがした。

閉店したまま数年が経過しているのかと思ったら、今日は週に一度の定休日らしい。

明かりがついていても店内は薄暗い。昔の流行《はや》りだったらしい、真っ黒にペイントされた壁と暗い色の木のカウンターに巨大なカラオケセット。ところどころすり切れた深紅のベロアのソファにガラスのテーブル。

カウンターの中には、このスナックのママの若かりし頃とおぼしき写真が飾ってある。

細面の輪郭と大きな笑顔（ビフォー）がなかなか可愛《かわい》い。だが。

「いい加減ツケを払ってよね、黒田ちゃん」と塩辛声で奥から現れた現在のママ（アフター）は、写真とは似ても似つかない妖怪だ。細面が表情のケンを際立たせ、チャームポイントだった大きな口元にも、もはや強欲さしか感じられない。性格の悪さが露骨に顔に出ている。

「いくら溜めたと思ってるのよ？」

見れば見るほど某与党女性議員にソックリなママは、社長を睨みつけながら乾き物の皿とボトルをどん、とテーブルに置いた。

「まあまあサナエちゃん細かいこと言いなや。大きな仕事受けたばっかりや。あんじょう解決したら成功報酬で、ここのツケぐらいど〜んと一括で払《はろ》うたる。せやから今夜はよろしゅう頼むで」

「あーもうそれは聞き飽きたから！」

舌打ちしたサナエママは、壁際に立っているおれを睨みつけて怒鳴った。

「ちょっとあんた。今夜はボーイをやるんでしょ？　オーナーの私にお運びさせてどういうつもり？」

ワイシャツに蝶《ちょう》ネクタイ、ベストを着て突っ立っていたおれは慌てて氷とグラスを運んだ。

「他にホステスは？　ママだけか」

そう訊いた黒田もママの逆鱗《げきりん》に触れてしまった。

「今夜もどうせツケのくせに。今日は営業日じゃないのに、店を開けてあげただけ有り難く思ってよね黒田ちゃん。ホステスを出勤させるお金なんて一銭もないんだからね！」

定休日のこの店を特別に開けて貰って「作戦」に使うので、おれもお客然としていられない。それは判るのだが、サナエママは、ヤクザも同然、いやヤクザそのものである黒田が怖くはないのか？

「ほな仕方ないなあ。ホステスはこっちで用意するわ」

と、黒田はママにキレるどころか苦笑いして携帯を取り出した。

「ああ、わしや。ちょっと頼みがあんねん」

数時間後。定休日だったスナック『憂国』は、いかにも場末のスナックらしい営業モード全開になっていた。

ボックス席で黒田の向かいに座っている男こそ、「小金製作所から特殊技術を盗み出した泊田三郎」そのひとだ。

絵に描いたようなオタクというか、非社交的で自分の世界にこもるタイプをおれは想像していたのだが、意外にも目つきが油断のならない、デキる営業マン風の中年だった。

「泊田はん、今夜はこんな場末のスナックまで足運ばせてすんまへんなあ」

場末、と社長が言った瞬間、般若《はんにゃ》のようになったサナエママの形相が怖ろしい。

「けどワシ、あんたと一度じっくり飲みたい思て、こうしていわばワシのホームグラウンドに来てもろうたわけですわ」

黒田はこの男に中山《なかやま》競馬場で接近して仲良くなったらしい。

強面のヤクザ社長だが、その気になればいくらでも愛想良く、人当たりも良くなれるところが黒田の恐ろしさだ。

正体を知るおれは、黒田のこの「気の良いおっちゃん」ぶりには戦慄せざるを得ない。これが豹変《ひょうへん》するのは怖い。狂犬が吠《ほ》えるより、可愛いネコがいきなり悪鬼の形相になって噛みついてくる方が衝撃であるようなものだ。

泊田三郎の隣には、スケスケのブラウスの下でたわわな巨乳を見せつけているホステス……ではなくて、黒田が呼び出した愛人のあや子さんがいる。

「こちらいい男ねえ。思いっきりアタシのタイプみたい。あや子、お持ち帰りされたいな」

などと言いながら、あや子さんは三郎にしなだれかかり、巨乳をスリスリさせる果敢な肉弾攻撃を仕掛けている。

薄紫のシースルーのブラウスの下で、純白のレースのブラに包まれた双丘がくっきりと谷間をつくり、おれは目のやり場に困った……なんてことは断じてなく、思わず目を皿のようにしてガン見してしまった。だがそれを見逃す黒田ではない。

「おいそこの兄ちゃん。何ボケっと突っ立っとるんや。この穀潰しが。オチチ見とるヒマあったら早よ焼きうどん作ってこんかい！」

おれは飛び上がり、慌ててカウンターの中に走った。

「いやいや泊田はん、えろうすんまへんな。あんたやったらこのあや子のオチチ、いくら見て貰うても構いまへん。よかったら触ってみますか？　そらもう素晴らしい感触でっせ」

あや子さんの巨乳に触《さわ》れるなんて……。畜生。羨ましい！

おれは泊田三郎とあや子さんのいるボックス席をチラ見しながら、ソーセージとピーマンを刻んだ。きっと、極めて恨めし気な目つきになっていたことだろう。

だが、泊田は言われるままあや子さんの胸にちょっと手を伸ばしたものの、あまり気乗りのしない様子ですぐやめてしまった……と思ったら、「この胸、シリコン入ってない？」などと、あや子さんに向かって失礼なことを口走っている。

「それと、どこかで見たことが……そうだ、麻生ルル！　麻生ルルにそっくりだって言われたことない？」

今度はＡＶ女優の名前を出した。あや子さんはそれを言われるのを一番嫌っているのに。

しかしおれには、あや子さんのような悩殺美女にメロメロにならない男がいることが、驚きだった。

そこは黒田も想定外だったらしく、一気に不機嫌な表情になった。

その時。このスナック『憂国』のアクリルドアが開き、もう一人、女性が入ってきた。

現れたのは、我が探偵社の受付嬢兼事務員兼社長秘書にして、おれ以外の唯一の社員であるじゅん子さんだった。

怒ってるんじゃないかと思えるほどの、物凄い仏頂面だ。しかもスッピンで、いつもの黒縁メガネもかけたままだ。綺麗なロングヘアも洗いっぱなしというか、全然湿気が取れていない。

「遅くなってすみません」

一応謝っているがちっとも悪いとは思っていないどころか、ほとんどケンカ腰の口調だ。

「残業って言われてませんよね？　もうお風呂にも入ってしまって、パジャマに着替えたあとだったんですよ、電話もらった時」

これはマズいっしょ、とさすがにおれも思った。

今夜はターゲットへの工作で、じゅん子さんの役どころもあや子さんと同じく「スナックホステス」だと、泊田が現れる前に、社長は電話でじゅん子さんに教えていたのに。

黒田は大声をあげて誤魔化そうとしている。

「まあまあエエがな。せっかく来たんやからぱーっと行こ、ぱーっと」

じゅん子さんは不機嫌さを隠そうともせず、黒田に言われるまま泊田三郎の隣に腰をおろした。さすがに服装はスウェットとかの部屋着ではなく、いつものビジネススーツだ。

しかしそれが泊田の秘孔を突いたらしい。表情が、一気にデレデレと崩れたのだ。

この男はＯＬフェチか!?

「いいねえ、キミ。タイトスカートがものすごく似合ってるねえ！」

などと言いつつ、じゅん子さんのスカートの膝に手を伸ばして、太腿《ふともも》を撫でた。

ダメだ！　そんなコトしたら危ない！

反射的に止めに入ろうかと危惧した瞬間、じゅん子さんはその手をぴしゃりとはたいた。

ヤケドでもしたかのように彼は慌てて手を引っ込めた。が、以後は手は出さずに口を使って、じゅん子さんを口説き始めた。

「ボクはねえ、小学校の時から必ず学級委員長の女の子を好きになってたんだ。勉強が出来て性格のキツそうな……そうキミ、まさにキミみたいなタイプが」

「全部片思いだったんでしょ」

じゅん子さんはニベもない。

「いや……まあそうなんだけどね」

社長は必死でじゅん子さんに目配《めくば》せしてサインを送っている。じゅん子さんもようやく自分の任務を思い出したようだ。

「それで、こちら、どんなお仕事なんですか？　なにか難しいことをやってそうですね。最先端のナニかとか？」

いろいろ聞き出そうとカマをかけている。

「そうね、ボクは外国の精密機器のメーカーに勤めていてね。ボク自身、すごい特許を持っているんだ」

「あら。すごい。やっぱりそうだと思った」

かなりな棒読みではあるが、一応ホメてはいる。好きなタイプの女にヨイショされて舞い上がった泊田は、得意げにべらべらと喋り始めた。

「ボクの持っている技術と特許が海外の世界的大企業に認められてね。凄い契約金で引き抜きにあったばかりなんだ。それはもう一生、遊んで暮らせるぐらいの」

「へえ。それ何処《どこ》ですか？　フェイスブック？　グーグル？　それともアップル？」

「まあ、当たらずといえども遠からずかな。アップルと永年特許を争っている、某外国企業と資本関係のある某企業、とだけ言っておこう」

男は微妙にボカした。

「この前も商談でアムステルダムとフランクフルトの見本市に行ってきたばかりなんだ」

「うわ～お客さん、凄い人なんですねえ。それはどんな製品？　ＩＴ？　どんな技術？」

「ええと……そうだねえ、素人のヒトに説明するのは難しいかなあ。ボクの技術は応用されて一般的な分野ですでに実用化されてるんだけど……端的に言ってエンタテインメント関連に使われてるかな？　しかもいつの時代、どこの国でも確実に需要が見込める分野で、ことに日本のような核家族化が進み、単身者が増えた先進国では今後、爆発的に売れる可能性を秘めた、最先端のとある精密機器の、しかも、そのもっとも重要な部分の部品なんだ」

「凄いですねえ。それは画期的なモノなんでしょう？」

急に呼び出されていわば予告なしの残業を命じられたわけで、最初は不機嫌だったじゅん子さんだが、そこはそれ、仕事熱心でアタマも良い人なので、そのうち自分に振られた役割どおり、泊田をおだてて持ち上げ、いろいろなことを聞き出そうとし始めた。

「それはもう超弩級《ちょうどきゅう》に画期的な新技術だよ。この種の製品としては初めてのクラウド化に成功してネットワーク接続が可能になって、常に最新のデータに更新出来て、劇的な性能の向上と小型化に成功したわけだ」

へえ、凄いんですねえ……お客さん天才なんですね、とじゅん子さんがおだてるままに、泊田三郎は気持ちよさそうにフカし続けた。

「どんな機械でもネットに繫《つな》がっていれば飛躍的に賢くなる。ボクが手がけているのは、メジャーなマスコミには絶対広告が載らないが、実は家電並みに普及している『ある製品』だ。これにWi-Fi接続の機能を持たせることは今まで誰も思いつかなかった。我ながら、きみの言うとおり、天才的だと思うよハハハ」

メジャーなマスコミには絶対載らないが実は家電並みに普及している「ある製品」とは一体、何なんだろう?

おれも好奇心が抑えられなくなってきた。だが彼はその製品について、これ以上説明する気はないらしい。

「以前は足立区《あだち》のショボい町工場で働いていたけれど、こんなところに居ても一生陽《ひ》が当たらないと思ってね。なんせボクの才能を正当に評価してくれないし。だからスカウトされて、すぐ渡りに船と転職したよ。ずっと研究してきた技術を土産《みやげ》にしてね。今では自宅も鉄骨モルタルのアパートから、湾岸の超豪華タワマンに引っ越した。きみ、遊びにこない？」

　ここで黒田がおれに目配せした。

　打ち合わせの手筈通りに、おれは店内のエアコンの温度を上げた。

「ねえ、暑くない？」

　と、あや子さんがシースルーのブラウスのボタンを外した。

「ごめんなさいねえ、エアコンの調子が悪くてね」

　と、サナエママ。

「誰かさんがツケを払ってくれないから修理も頼めやしない」

「そうね、暑いわね」

　と、じゅん子さんもプレーンな白いシャツのボタンをはずす。

　その胸元を目を皿のようにして覗き込もうとして泊田はじゅん子さんに頭をはたかれた。

「何見てるんですか！」

　口より先に手が出るタイプだ。

　すかさずあや子さんが後ろに回り込んだ。

「お暑いでしょ？　上着、お預かりしますねぇ」

そう言って、泊田の上着を脱がせてしまい、それをおれにパスして寄越した。

そこで、黒田がまたおれに目で合図を送ってきた。

おれは彼の上着のポケットをまさぐって鍵を取り、目立たないようにそっとスナックの裏口から外に出た。

ゴミの缶やビールケースが乱雑に置いてある路地で待っていると、黒田がやって来た。

「ええか、ワシとじゅん子とあや子が徹夜であの男を引き留めてチヤホヤしてる隙に、お前はアイツの自宅に潜入して、産業スパイの証拠を摑み、報復の手段を捜すんや」

聞いてるだけならNHKがたまに放送する経済ドラマみたいにゾクゾクする話だが、それを実行するのは、このおれなのだ。しかもおれにはトム・クルーズみたいな技術はないぞ！

「無理っす」

「無理とか言うな。無理は嘘つきの言葉や！」

「けどおれ、そんな精密機械の最先端のナントカは全然判らないし、何を捜して何をどうすればいいのか……」

ビビるおれ。だが黒田はあくまで高圧的だ。

「ガタガタ抜かさんとまず現場に入れ！　現場百回や」

それは刑事の場合ではないかとおれは思ったが、口に出す勇気は無い。

「現場に行けばなんとかなる。そこで依頼人と携帯で連絡取って、どうすればいいか教えてもらえ。それとこれや。これ持って行き」

黒田はおれにクッション封筒を手渡した。グレープフルーツぐらいの大きさの、何やら堅いものが入っている。

「依頼人の小金から預かったブツや。一応精密機械の部品やから、丁寧に扱ってな。落としたりぶつけたりせんように」

「どうするんすか、これ？」

「現場に入ったら小金からお前の携帯に連絡来ることになっとる。よう話を聞いて、言うとおりにするんや」

仕事の全体図がまったく見えないが、指示してくれるのなら何とかなるだろう。そもそも黒田社長に借金のあるおれにはミッションを断る自由はないわけだし。

＊

泊田三郎の自宅は月島《つきしま》の、超がつく豪華タワーマンションだった。キーがあるのだから、エントランスは普通に開き、玄関も普通に開いたので、侵入するのが大冒険、ということはまったくなかった。それはそれで少しガッカリするのはゼイタクというものだろう。

5LDKある豪華マンションには、もちろん誰もいないし、生活臭もあまり感じない。そして……依頼人の小金社長からの連絡も一向に来ない。

いつまで待たせるんだ？　早くコトを済ませて戻らないと、いくらなんでも怪しまれるだろうに！

動き回るのも憚《はばか》られるので、おれは広いリビングのフカフカのソファに座り、緊張しっぱなしで電話を待った。

しかしやっぱりかかってこないので、仕方なく時間潰しに広い部屋の内部をあちこち見て回った。

ここは、まるで絵に描いたようなIT成金の住処《すみか》だった。二百インチはある巨大画面のテレビを中核としたホームシアターセットが鎮座している。スピーカーが幾つあるのか判らないほどずらっと並んでいる。よほど防音がしっかりしてるマンションなのだろう。

おれが座っていたフカフカのソファはイタリア製らしい。

毛足の長い白いラグを踏んだ途端、毛足の長い白いネコがしゃーっと唸《うな》って飛んで逃げたので驚いた。猫を飼っていたのか。

壁には、何を表しているか判らない大きな抽象画。おれにはただの落書きにしか見えない。その絵には嫌味な感じでピンスポットのライトが当たっている。これではまるで美術館だ。「画期的な新技術」を盗んだ、その報酬はどうやら凄いモノらしい。

一体どういう製品の、どういう技術なのだろう?

ますます好奇心が抑えられなくなってきた。

浴室にはジージャグならぬジャグージに、ガラス張りのシャワー室。

人造大理石の、貝のカタチをした洗面台。蛇口は金だ。

しかし……女の気配がない。これだけカネのある男なら女の二人や三人いるのではないか。同棲《どうせい》してなくても通ってくる彼女ぐらいはいておかしくないのに、女性用の化粧品のタグイが一切ない。女性の甘い匂いもしない。ゴールドの歯ブラシ立てにはブルーの歯ブラシが一本刺さっているだけだ。

浴室近くのドアを開けると、広いベッドルームがあった。たぶんここがメインの寝室か。

部屋の中央には大きなダブルベッド（クィーンサイズと言うべきか）があり、そのベッドの上の毛布が……ヒトガタに盛りあがっている！　それもジェットコースターのような曲線が、二つ。

女か？　曲線はバストとヒップのもののようだ。よく見ると、黒髪が枕に流れている。これは、間違いなく、女だ。

マズい！　通報される！　なんせおれは他人の家に不法侵入しているのだ。

おれは凍りつき、動けなくなった。

だが、しかし……。

ベッドの上のその女も、まったく動かない。まるで身動きをせず、そして、いっこうに目覚める様子がない。

ヒトの気配をまったく感じないほど熟睡しているのか、それとも……もしかして死体？

おれは更にビビった。ターゲットのあの男、泊田三郎は産業スパイだけではなく、殺人鬼でもあったのか？

死体なら怖い。寝入っているだけでも、目を覚まされたら怖い。身動きひとつ出来ず、息を詰めて寝室の隅に固まっていたおれだが、やがてこのままではどうしようもないことに気がついた。

ようやく勇気を振り絞り、抜き足差し足でベッドに近づいてみる。横たわる女の顔は、大変な美形だ。だが、目を見開いたまま、まったく動かない。よく見ると、毛布も呼吸で上下していない。

ということは……これはやっぱり、死体！

いや……しかし。

おれは、恐る恐る手を伸ばして、「それ」に触れてみた。ごく稀《まれ》に、目を開けたまま寝る人や、寝ているあいだ、ほとんど息をしない人もいると聞いたことがあるし……。

「それ」に指先が触れた。

冷たくはない。むしろひと肌に温かい。

その肌はすべらかだ。だが、人肌にしては手触りがよすぎる。

そこでおれはようやく気がついた。

これは……人間ではない。人間の女ではないが、人間そっくりのつくり物だ！

蠟人形《ろうにんぎょう》のようだが、それとも少し違う。とにかく、人形に間違いない。

なーんだ。人形か。

ホッとすると同時に、ようやく接近して、じっくり眺める余裕ができた。

色は抜けるように白い。身につけているのは和服。それも真っ黒な、無地の……

喪服。

喪服を身につけている人間そっくりの人形って、ナニ？

おれは、状況のシュールさに戦慄した。

あの泊田三郎という男は、変態なのか？

だがしかし、その人形は異様に美しい。今までに見たこともないほどの美形だ。

すべすべの額。けむるような眉。白い肌に翳《かげ》りを落とす、信じられないほどに長いまつげ。しゅっとしているが高すぎず、立派すぎない、可愛らしい鼻。猫かイルカのように端っこが上がり、微笑んでいるかのような唇。それはふっくらとして愛らしく、思わずキスしたくなってしまう。

それにしても可愛い……不気味ではあるが魅力的だ。襟元からのぞき、喪服の黒に妖しく映える人工の白い肌が艶《なま》めかしい。

気がつくと、おれの手は吸い寄せられるように、喪服のその前の合わせ目に伸びていた。

喪服の中の、柔らかだがほどよい弾力の乳房。どういう仕掛けがしてあるものか、やはり温かい。

思わず指先に力が入り、やわやわとその本物そっくり、いやもしかして本物以上のバストに触れて揉み始めてしまった、その時。

「彼女」の目がくるり、とおれに向き、おれを「見つめた」。そして、愛らしい赤い唇が動いた。それはあたかも言葉を発するような動きだ。と思ったら、次の瞬間、本当に言葉が出た。

「ラメよ～ラメラメ！」

思いがけない甲高い声。

おれは驚愕《きょうがく》のあまり後ずさりして、尻餅をついた。その時やっと、携帯電話が振動していることに気づいた。ようやく依頼人の小金社長が連絡してきたらしい。

「もしもし。状況はどうですか？」

相手はやはり、小金だった。

「ひどいですよ社長！　何で最先端の精密機器がダッチワイフだって言ってくれなかったんスか？　おれはもうてっきり死体かと思って……無駄に怖かったじゃないすか！」

「言っておきますが、当社の製品はダッチワイフではありません」

電話の向こうで小金社長はキッパリと言った。

「ラブドール、いやネットワーク接続しているんだから、スマートドールだ」

ベッドの上のスマートドールは「ラメよ～ラメラメ！」「ラメよ～ラメラメ！」と同じ言葉を繰り返している。

「起動音が聞こえていますね。ということは、最新データをロード中ということですね」

どうやら「ラメよ～」は、パソコンの起動音と同じものらしい。

「しかし、『ラメ』と訛《なま》ってるのがおかしいな。やっぱり純正じゃないからかな？」

小金社長はブツブツとつぶやいた。

「けど社長。社長ご自身もこの前ウチの事務所で言ってたし、ターゲットの泊田さんも『画期的な新技術』を搭載した『最先端の精密機器』だと言い続けてたんですよ！」

「画期的な新技術を搭載した最先端の精密機器であることには、まったくなんの間違いもありませんよ！　何がどう間違っていないか説明し出すと長くなります。今はそういう時間はありません。指示どおりにしてください」

「了解っす」

おれは指示を待った。

「ではそのスマートドールとコトに及んで、その経過を報告してください」

「は？」

要するに高度に進化したダッチワイフとナニをしろというのだ。しかし、おれにそんなことが出来るのか？　以前勤めたブラック企業でもシステムをダウンさせたおれだ。超高性能であるが故に取り扱いが超難しい、超最新型ダッチワイフを相手に苦心惨憺《さんたん》するおれ、という悪夢のような状況が思い浮かんだ。

「あ、心配ご無用です。我が社のスマートドールはクラウド上の最新データを読み込んで起動さえすれば、あとは完全自動で動きますから。ブルートゥースでワイヤレス接続されて、ドールの全身に張り巡らせた高性能センサーによって得られたお客様のデータをリアルタイムで解析し、同時にクラウド上の最新の嗜好《しこう》データと突き合わせてます。すなわちお客様の陰茎の勃起度や脈拍から興奮状態を検出し、統計処理された性行動データベースにゼロコンマゼロゼロ一秒毎《ごと》にアクセスしてお客様が何を望んでいるか予想判断し、それに応じて特殊シリコン製の人工膣の収縮を制御し、人工肉襞がブラウン運動し、想定される女体のオーガズム指数に対応した愛液の濃度を調整しつつ分泌させ、喘《あえ》ぎ声や全身の痙攣《けいれん》をシミュレートおよび臨機応変に創成して、ほぼ完璧なアクメ状態を実現します」

そう説明されると、勃ったものも萎えてしまう。おれは物理とか数学が苦手なのだ。

「まあともかく、喪服を脱がしてみてください。この子は無駄な抵抗はしません」

「ラメよ〜ラメラメとは言わないのですね？」

「起動音は最初だけです」

「けど、おれの使命は、産業スパイがお宅から盗み出したスマートドールの画期的技術で作ったパクリものを証拠品として回収することなんすよね？」

「それはそうですが、ただ回収するだけではダメです。先方の会社と盗み出した泊田三郎にはきっちり復讐《ふくしゅう》しなければなりません。先方がどうパクったのかを知るためにも、製品を実際に使っていただく必要があります。ギミックやトラップなども数々鏤《ちりば》めてありまして……是非とも行為に及んで詳細に報告して戴きたい」

なんだか大変なことになってきたぞ。

おれは気を取り直して、スマートドールの喪服の胸をはだけ、帯を解いた。結果。両の乳房はつんと突き出て、どんなグラドルにも負けない美しいフォルムを見せている。腰もむっちりと張り、きゅっと締まったウェストが見事な曲線を作り出している。

見ているだけで、おれの股間は熱くなり、ムクムクと首をもたげてきた。

「もしもし？　やってますか？」

小金社長が電話の向こうから聞いてきた。

「いきなりは無理でしょう？　前戯というか、どうせなら、この子……名前はあるんすか？」

「アケミちゃんと言いますが」

「このアケミちゃんも、人工知能が入っていていろいろ反応するんなら、いきなりレイプみたいに襲いかかるより、褒めてあげるとかしたほうが……その、いい関係が作り上げられるんじゃないかと……」

「ひょっとして探偵さん、あなた童貞？」

「いいえ違います！」

即座におれは否定した。なんせこの前、「元超売れっ子のAV女優で今は人妻」という女性に筆おろしをして貰ったばかりなのだ。

「本物の女性と同じではドールの意味がありません。とにかく始めてください」

ハイハイ判りましたと返事をして、おれはアケミちゃんを抱き寄せた。

「優しく……してね」

アケミちゃんは上目遣いにおれを見た。

おおお。さすがIT技術の粋を結集して作り上げられた最先端のスマートドール。表情や目の動きが、リアルそのものだ。

おれは、思わず彼女を抱き寄せキスをした。

おおおお、何という柔らかい唇！

「もしもしどうなってますか？　実況を！」

電話の向こうで小金社長が怒鳴った。

「ええ、今、アケミちゃんの唇を奪いました。いい感触です。アケミちゃんは目を瞑《つぶ》っておれのキスを受けています。今から手を伸ばして、彼女の乳房に触れます」

特殊ラテックスとシリコンを混ぜ合わせた皮膚には人間以上の吸着感があるが、ほどよい弾力があって、体温も感じる。もしかすると汗も滲《にじ》んでくるんじゃないかと思うほどだ。

「素晴らしい感触です。素晴らしい。本物の女よりいいかも」

「どういいのか、具体的に」

うるさいな。佳境に入ってくると、電話越しの説明は面倒になる。

「もしもし！　探偵さん！　具体的な説明がないと、ドールが今どういうモードで動いていて、システム設計上の想定がどうなっているのか解析できないんですよ！」

おれは小金の要望を無視して行為を続けた。アケミちゃんのむっちりした肉体を抱きしめ、首筋にキスをした。すると「彼女」は躰を小刻みに震わせながら溜息《ためいき》をついた。

「うわっ！　首筋にキスをしたら、溜息をつきました！」

「そうか。きちんと首筋の性感帯センサーは作動しているな。ウチが配置したのと同じ場所にあるんだろう。分解すればどこのメーカーのセンサーか判るんだが」

「じゃあ、このアケミちゃんを丸ごと盗み出した方が早いでしょ？」

「いやいやだから、それだと探偵さんが忍び込んだのがバレてしまう」

おれの報告は続く。

「彼女」の豊満な乳房を揉むと、桜色の乳首はみるみる硬くなり勃ってきた。細部に魂が宿るとはこの事か。

コロコロした乳首の感触を楽しんだ後、そのまま手を下に這わせると、引き締まったお腹《なか》には可愛いお臍《へそ》があった。更にその下に手を伸ばし、ゆっくりと指先を内腿から彼女の股間の、喜悦の源泉たる秘腔《ひこう》に這わしていき、ついに……その内部に到達した！

「そのへんの描写を！　探偵さん！」

アケミちゃんの女陰は、さすがに最先端の技術の結晶らしく、非常にリアルだ。秘毛は湧き出した愛液に湿り、秘唇は火照って、ぷっくりと膨らんでいる。肉芽もこりこりした感触で勃っていて、おれの指が触れると「ああん」と声を出して、ひくひくと震えた。

「スッすっげーリアル！　なんですかこれ！」

「だから、スマートドールです。NASAが有人火星探査衛星に積んでいこうかと打診してきましたからね。航行が数年に及ぶので、その間乗組員の性処理のために。なんでもNASAが自ら開発したものより優れていたらしくて」

本当の話ならNASAも大変だ。安眠枕からダッチワイフまで研究開発するんだから。

「入れますよ！　もうこっちも我慢できないんだ！」

「実況をヨロシク！」

おれは勃起したペニスをアケミちゃんの秘唇にあてがうと、そのまま一気に腰を突き上げた。

「ひぃ」

悲鳴のようなそのか細い声がまた、何とも愛らしい。

「ア、アケミちゃんの媚肉《びにく》がおれの亀頭にぬめぬめじわじわと絡みつく感じはミミズ千匹、細かな肉襞が息づく感触はカズノコ天井。腰を使いつつ舌を彼女の乳首に這わそうとすると、彼女は肩を揺らしてイヤイヤをします」

「ふむ。そのへんは独自の反応を加味しているようだな。デッドコピー、つまりモロパクリではないと」

小金社長は電話の向こうで感心している。

「で、肝心のアソコの様子を具体的に」

「……ずずっと一気に肉棒を奥まで差し入れるってえと、そこは男の桃源郷。魅惑の穴がありマン」

快感と連動してなぜか流れるように描写が口をついた。あまりのキモチよさに記憶の扉が開いたらしい。おれは取り憑《つ》かれたように以前愛読していた夕刊タブロイド紙の、フーゾク紹介コラムの文体を再現していた。

「じわじわ締めつけてくる淫らな果肉がもうチョーエエ気持ち！　あちきが腰を抜き差しするってえとアケミちゃんはがくんがくんと背中を反らせて甘く切ない声をあげるんで、あちきはもう辛抱たまりまセブン！」

「ちょっと何言ってるんですか探偵さん？」

「すいません。おれ小説家じゃないんで、こんな説明しか」

「いいです。感じは大体わかりますから。ではここで、アケミちゃんに、こう囁《ささや》いてください。『お前のオ○○コ、締まりがエエな』。リピートアフターミー」

おれは指示されたとおりに繰り返した。

「はあああ……いい。いいわ……」

途端に反応したアケミちゃんの、アソコの具合も変化した。いっそう締めつけが強くなり、しかもそれが波状的にうねうねと蠢き始めた。

「すっ、すごいっす……何なんすかコレ？」

あまりの喜悦の連続攻撃に、おれはバンボーレと絶叫した。

「高性能マイクが拾った音声がネットワーク経由で性行動データバンクに送られて

フィードバックされ、瞬時に演算されて命令を送り返し、アケミちゃんの、まさに根幹をなす『セントラル・ヴァギナ・モジュール』と呼称する部分にエクストラ・ムーブを起こしているのです。その微細かつ大胆な連動の変化は当社が特許を取得している独創的な揺らぎ技術です。しかも、演算処理をクラウド化して外部に移したので、女性のアクメに関する膨大なデータを参照して、無限のバリエーションを再現することに成功しました。これこそクラウドと微細サーボ技術の華麗なる合体で、このへんは我が社のオリジナルとまったく同じ仕様、つまり完全な盗用と言える」

アケミちゃんの記憶部分と演算部分がもしもネットに繋がらずスタンドアローンの単独処理をする場合、アケミちゃんは頭部サイズだけで直径数メートルの容積が必要で、なおかつ超小型モーターと精密サーボ技術と効率のいい自律制御支援システムがなければ、アケミちゃんの全長は優に数十メートル……つまり大船《おおふな》の観音様くらいにはなるだろう、そのぐらいの技術が集約されているのですッ、などと小金社長は誇らしげに電話の向こうで語っているが、おれにはもう、それに耳を貸す余裕などなかった。

大きく腰を遣《つか》い、グラインドして彼女の内部を掻き乱す。

「いいい……いいわ。最高……感じる……」

アケミちゃんの内部は最高度に反応して、オメコ汁ぷしゃーとでも表現すべき愛液が噴出、おれのペニスを直撃した。

手のひらにしっくりと馴染《なじ》む、アケミちゃんのボディの感触。もちろんアソコの相性は抜群。吸いついて離れないかのような密着力。真空掃除機のような音には目をつぶろう。

まさにこれは、人類が作り出した偉大なる創造物としか言いようがない。

感じ入っていると突然、おれのペニスのカリの部分に妖しく触れてくる、クラゲのような軟体動物が出現した。不意打ちだ。

「そっそれこそが我が社の特許『しびれクラゲ・デバイス』です。畜生！　連中はそこまでコピーしやがったのか！」

悔しがる社長をよそに、あえなくおれは轟沈《ごうちん》した。

「あっもうダメっす！　出て……出てしまう……というか……出てしまいました。エガッター！」

情けない報告をしたが、社長はまったく動じない。

「それはかまわないんです。一回目の、そのフィニッシュに至るまでの時間の短さは製品の仕様で想定内ですからね。そのまま抜かずにじっとしていてください」

するとおもむろに、やわやわと、まさに別の生き物のように、アケミちゃんの局部が再び蠢き始めたではないか！

「おおおおお」

玄妙な刺激を受けたおれは、たちまち復活した。

「なんか、太陽系の果てから帰還したはやぶさみたいな気分っす。不可能を可能にした達成感というか自分の限界を超えた成長感というか気宇壮大というかなんというか」

結局おれは、立て続けに三回、射精した。アケミちゃんの「強制射精モード」の発動で、とことん絞り出される結果になった。

これ以上続けるとミイラになってしまう。

「もうカラカラっす。逆さに振っても鼻血も出ないっすよ。これって、一体どういう場合を想定してるんですか？」

通常のセックスでは絶対にあり得ない。

「それは、乱交ですね。アケミちゃんに複数のユーザーが群がってやりまくり、という使用状況を想定して設計しました」

「けどダッチワ……いやスマートドールで、そういう使い方は普通しないんじゃ?」

「あらゆる事態を想定してゆとりを持たせた設計をするのがメーカーの責務です」

はあ、そうっすか、とおれは答えるしかない。精も根も尽き果てたとは、まさに、今のおれの状態を指すのだろう。

「それでは、アケミちゃんの終了のさせ方を指示します。『よかったよ、アケミちゃん。愛してるよ』って言ってやってください」

その通りにすると、アケミちゃんはそのまま、スイッチが切れたように静かになった。

「宜しい。では次のステップに移ります」

小金社長は、アケミちゃんの「セントラル・ヴァギナ・モジュール」を取り外し、クッション封筒の中身と取り替えるように、とおれに指示を出した。

クッション封筒の中身は、いわゆる「オナホール」だった。ネットのアフィリエイト広告で、しょっちゅうお目に掛かるアレだ。

見た目で言えば、もともとアケミちゃんに装着されていたモノと、外見では大差は無い。

「無事、対象部分の交換を完了しました」

「ご苦労様。これでミッションは終了です。取り外したモジュールを持ち帰り、こちらに渡していただければ、あとはこちらで解析して対策を取ります」

電話の向こうの小金社長はそう言って通話を切ろうとした。

「あの……それだけっすか？　産業スパイの証拠の書類とか捜さなくてもいいんスか？」

「いやいや必要ないですよ。早く現場を離脱してください。ベッドの乱れを直すことをお忘れなく」


言われた通りに後始末をして、泊田三郎の部屋から出て来ると、マンションの外に見覚えのあるトレンチコートの男が立っている。

この男は……思い出した！　おれと入れ違いに黒田の探偵社を辞めた、凄腕のベテランだという探偵に違いない。

「このマンションの方ですか？」

彼はいきなり話しかけてきた。黒田の事務所ですれ違っただけのおれの顔は、覚えていないようだ。

「この男を知りませんか？」

探偵がおれに一枚の写真を見せ、それがスナック『憂国』で、現在じゅん子さん相手にヤニ下がっている最中であるはずの、泊田三郎の顔写真だったのでおれは驚いた。

「このヒトがどうかしましたか？」

平静を装いつつ聞くと、相手はわざとらしく声を潜めた。

「実は私、日本政府の情報機関の者なのですが」

いくらなんでも、こんな自己紹介を本物の諜報員《ちょうほういん》がするはずないだろう。素人でも判る嘘をつくのは何故だ？

「このマンションに、新ココムの統制品を……つまり、外国に日本の技術を違法に流出させている売国奴が住んでいるのですが、知りませんか？」

「さあ？　知りませんねえ」

おれはしらばっくれた。

この男は、泊田三郎の評判を落とす仕事でも請け負っているのか。小金社長以外にも敵は多そうだが、あの「性能」を体験した後では、新ココム違反も嘘とは思えなくなってくる。

市民の義務としては協力すべきなのだろうが自分の任務は果たしたし、立て続けに三発も発射してすでに体力の限界だ。彼にあれこれ問い質《ただ》す気力もなく、おれは月島のタワーマンションを後にした。

＊

おれの仕事の成果は、しばらく経《た》ってからハッキリ現れた。

見た目は貧相でネジかバネを製造している町工場のオヤジ然とした小金和一だが、実は彼はとんでもなく優秀なエンジニアだった。

自社の社員だった泊田三郎が持ち出した極秘の技術情報を元に作られた、ライバル社のスマートドール「アケミちゃん」の根幹部品、すなわち「セントラル・ヴァギナ・モジュール」を解析して、動作を制御するプログラム・コードを特定すると、それを書き換えてバグを仕込み、ハッキングしたネットワーク上のクラウドにアップロードした。

と、判ったように言っているおれ自身、どういうことなのかよく判っていない。それは黒田も同じだった。

ただ、その結果起こった出来事で、小金社長がやった「報復」の意味がよく判った。

小金製作所が誇るスマートドールの技術を盗んで作られたパクリ製品である「アケミちゃん」が、全世界で一斉に暴走し始めたのだ。

アケミちゃん相手にセックスを始めると、エンドレスになってしまう。三回やっても四回やってもアケミちゃんは許してくれず、「もっともっと」と要求されて、腹上死が五十件、腎虚《じんきょ》で不能になったユーザーが三百人、ヘルニアになったユーザー五百人、そのほか救急搬送されたユーザーが七百人……。

クレームや訴訟が相次ぎ、「アケミちゃん」にパクリ部品を納入していた某国のメーカーは小金社長の思惑通り、倒産してしまった。

*

「今回は大成功や。褒めてやる」

事務所での祝賀会で、黒田はおれを褒めちぎった。

「お前が頑張って抜かずの三連発をやったおかげで盗っ人会社は倒産。技術を持ち出した泊田三郎は失業して夜逃げ。結果、小金製作所は取引先への納入を再開。ライバル社が消えたんで、スマートドールの部品をほぼ一手に引き受けとる。小金社長は秋葉原《あきはばら》に自社ビルを買《こ》うたらしいぞ」

「それは良かったっすね」

黒田の奢《おご》りの発泡酒を飲みながら、おれは喜んでみせた。

「したら、この仕事はかなりのお金になったんじゃないすか？　じゃあ」

おれは歩合契約のはずだから、大儲けならおれの分もかなりの額になるはずだ。

「それや。その話やけどな、お前の給料、歩合を止《や》めて、固定給に戻したったわ。その方が安定するし、仕事がないときでも給料出るし、お前かてそっちのほうがエエやろ？」

黒田の後ろで、経理も担当するじゅん子さんが目を逸らした。さすがにじゅん子さんもうしろめたいのだろう。

「お前の借金十万円分、引いといてやったからな。喜べ」

恩着せがましいとはこのことだ。

「あの……それはいいんスけど、お給料は？　固定給って、幾らなんですか？」

そう言った瞬間、おれはぎろりと睨まれた。

「ちょっと褒めたらすぐこれか！　オノレには恩を感じる心はないんか？　わしに

対する感謝の念ちゅうもんはないんか？　こんだけ優遇しとるのにまだ不満か？　この事務所に寝泊まりさせて、まかないもつけとるし」

一日一個のカップラーメンが、まかないなのか？

「栄養考えて野菜ジュースまで買うたってるで。寝食保証されて何ゼイタク抜かしとるんじゃオノレは。いっぺん東京湾に沈めたろか？」

「ほら、謝って。社長に早く謝って」

いつの間にかおれの背後に立っているじゅん子さんが耳元で囁いた。

「だけどおれ、謝る必要がないと思うんですけど……」

「いいから謝って！　社長も、顔が立てば許すんだから……」

「そうだよ。じゅん子さんの言う通りだよ」

と、あや子さんまでが口を出した。祝賀会なのか今から寝ようとしているのか、ネグリジェみたいな格好なのが異様だが、あや子さんの場合はこれが正装みたいなものだ。

全員に睨まれたおれは、観念した。

「……どうも、すいませんでした」

「言葉だけか？　誠意ちゅうもんが感じられんの」

じゅん子さんに促されて、おれは床に正座して、両手を突いた。どうして土下座しなければいけないのかまったく理解出来ないが、流れに乗るしかないのが日本社会というものなのだろう。

「でも社長。飯倉くんだって今回は危険かもしれない潜入工作をセイコウさせて、激しい肉体労働にも従事したんだから、少しは考えてあげても……その方がモチベーションが上がると思いますよ」

じゅん子さんがとりなしてくれた。このヒトは一体どっちの味方で、善人なのか、悪の一味なのかよく判らない。ハッキリしているのは黒田が悪ということだけだ。

「ほうか、モチベーションなぁ。そら、モチは大事やな、モチは」

黒田は意味が判っているのか判っていないのか、発泡酒を飲み干しながら頷いた。

その数日後。

酒とタバコの買い出しのお使い、いやパシリから戻ったおれが事務所のドアを開けた瞬間、とんでもないモノが目に飛び込んできた。

プチプチの梱包材《こんぽうざい》に包まれた人体が、ごろり、と床に投げ出されていたのだ。

動かない人体。ということは……死体？

「しゃ社長……」

おれは心細い声を上げた。

黒田なら殺人を請け負いかねない。そして、無謀にも完全犯罪を企て、事務所で処理しようと考えてもまったくおかしくない。黒田がどこかで始末したヒトを宅配便でここに送りつけ、今から隠蔽工作を開始するのか。

ということは……。

死体がここにあるということは、当然、後始末をするのはおれか。

おれが死体を解体させられて、ディスポーザーでミンチにして下水に流すのか、バスタブに硫酸を入れて溶かすのか、それとも細切れにして東京湾に撒きに行くのか……。

「どないしたんや。顔色が悪いぞ」

黒田は陽気な声で言った。

「そりゃ社長、アンタはいいでしょうよ！　けど、究極の汚れ仕事をさせられるおれの身にも……」

「お前、ナニ言うとる？」

黒田は首を傾《かし》げた。

「これボーナスや。お前にやるわ。開けてみ」

開けてみ、って……。これが死体であることは火を見るより明らか……。

震える手で梱包を解き、プチプチマットの下から現れたのは、シースルーのネグリジェの下のたわわバスト、きゅっとしまったウェスト、股間にはけむるような翳り、むっちりした太腿、引き締まったふくらはぎ……。

「あれ？」

もしやこれは。

恐怖が薄らぎ、わくわくする気持ちが湧いてきたが、黒田のすることだ。きっと手痛いドンデン返しが待っているはずだ……。

ドキドキしながら頭部を覆っていた白い梱包シートも外すと、そこには見覚えのある、ぱっちりとした目が。

「あ！　アケミちゃん！」

おれの「モチベーションを上げるため」に黒田は、今回の騒動で倒産した問屋から「アケミちゃん」を一体、強奪してきたのだ。

「たまたま金貸し込んでたからな、現物で回収したったわ。こないだの小金社長に頼んで旧型の部品つけてもろたから、問題ナシにこのままいけるで。欠陥騒ぎは無用や」

アケミちゃんが暴走する心配はないらしい。

アケミちゃんの姿を見ていると、この前の激しくもハードな快感がありありと蘇《よみがえ》った。

おれの股間は……条件反射のように強く硬く勃起してしまった。

気がつくと、黒田に断りも入れないままに、おれの手はアケミちゃんのバストを揉みしだいていた。

「あの……初期不良とかあったらいけないんで、今ちょっと起動させて、試してみてもいいっすか?」

そう言った瞬間、アケミちゃんの可愛らしい唇から「純正の」起動音が響き渡った。

「ダメよ～ダメダメ!」

それを聞いた黒田は瞬間湯沸かし器のように激怒した。

「ワレは何考えとるんじゃ! 就業時間中にオメコする気ィか? 就業時間だけとちゃう。オドレの二十四時間は全部ワシのもんや。そのコトだけは忘れるな! このクソボケが!」

だったら何時《いつ》オ○コしたらいいんスか？　アケミちゃんは何時使えるんですかと訊き返す間もなく頭を思いっきりどつかれて、おれの意識は薄れていった……。

（本作を日本エレキテル連合に捧げます）

第三話　復讐はおれの手で

「あの、よろしいでしょうか……」

ブラックフィールド探偵社のドアを開けて入ってきたのは、見るからに清純そうな、二十代前半の女性だった。

「こちらのネット広告を見て来たんですけど……」

「はいはい、こちらへどうぞ」

カモ、いや新しい依頼人をソファに案内したのは上原じゅん子さんだ。

黒縁メガネにストレートヘアのじゅん子さんは依頼人に負けないほどの美人だが、この探偵社を事実上切り盛りしているのは彼女だ。

「あのう……いわゆるネットの裏サイトに出ていた広告を見たんですが」

「え。そんな広告、出してたんですか！」

依頼人がじゅん子さんに言った言葉に、探偵見習いというより下僕扱いのおれ・

飯倉良一は思わず反応して、驚きの声を上げてしまった。赤字続きで給料も払えないと言ってたのに。

「流出画像のサイトに出したこの広告ですか？」

じゅん子さんがパソコンを操作すると画面上には真っ赤なバナーが出現した。

『他人に言えないあなたの悩み、ズバリ解決します！』

と、赤地に真っ黄色な文字が点滅する怖ろしく派手な広告だ。

そのバナーをクリックすると、『秘密のこんなお悩み、解消します！』というメッセージとともに、悩みの例（浮気・借金の踏み倒し・夜逃げをしたい・誰かを呪いたい等々）がずらずらと表示された。同時に、いかにも人が信頼したくなるような、低くて柔らかな耳に心地《ここち》好い女性の声が流れ始めた。

「恋人との愛の一夜の記念に撮ったあなたの恥ずかしい画像がネットに流れてしまった！　大股広げた恥ずかしい写真がみんなに見られてしまう！　愛の営み真っ最中の刺激的な姿が世界中に流れてしまう！　こんな悩みはブラックフィールド探偵社におまかせください！　あっという間に全削除、流出を元から絶つ安心安全の拡散完全防止！　リベンジポルノ対策はＢＦ探偵社、ＢＦ探偵社にご用命を！」

事務所にいた全員が、じゅん子さんの顔を見た。

「これ、じゅん子さんの声っすよねえ」

おれは思わず口走った。

「なんやお前、いつの間にこんな広告出したんや。カネもないのに、こんないかがわしいサイトに」

社長の黒田の驚くフリがわざとらしい。

どう見ても武闘派ヤクザで金ピカのアクセサリーで全身を飾った黒田は、根性も悪いがカネにも汚い。どうせ借金まみれで辞めるに辞められないおれの足元を見て、給料分の金を広告に回したのに決まっているのだ。

「広告はさまざまな媒体に展開する必要がありますから」

じゅん子さんは涼しい顔で言った。

「さまざまな媒体」には黒田社長行きつけの、スナックやキャバクラの壁面なども含まれているのは後から知ったのだけれど。

ちょうど遊びに来ていた社長の愛人・あや子さんも巨乳をぷるぷる震わせてホメた。

「そうだよねえ。お客さん来ないし、この事務所で黙って座ってても『座して死を待つ』だけだもんねえ」

難しい表現使っちゃう私イケてるでしょと言わんばかりの得意顔だが、一同は聞こえないフリをした。実際あや子さんが言うとおり、この探偵社は業績不振で滅多に客が来ない。事務所の家賃は黒田が脅して、無理やり待って貰っている状態だ。

「で、ご相談の内容は？」

依頼人が来ているのに、全員が無駄話ばかりしている。仕方なくおれが聞いた。

「はい。私は一流大学を出て、在学中はミス・キャンパスにも選ばれたんですけど、ほら私って、美人じゃないですか」

確かにこの依頼人・早乙女《さおとめ》嶺花《れいか》は目鼻スッキリでセミロングの黒髪が美しい、知的で清純、清潔感溢れる美人だが、自分で断言されると鼻白んでしまう。

だが彼女はおれの反応など気にかける様子もない。こういうところが美人の条件なのか。

「一流企業に就職したんですけど私、広報に配属されて、いろいろ取材にも行かされるようになって、最近はテレビにも出るようになってきて……。そうしたら、イヤガラセの郵便物が送られてきたんです」

おっとりした感じもある彼女が、これなんですけど、とバッグから取りだしたプリントアウトを見て、思わずおれは「あっ！」と叫んでしまった。

エロには敏感な黒田が飛んできて、プリントアウトをおれの手からひったくった。

「いやぁこれはこれは……」

依頼人自身の、非常にプライベートな……いやハッキリ言ってしまえば無修正の、『恥ずかしい写真』の数々だ。広告で例に挙げたのと同じ、恥ずかしいところ全開の……。

スケベであることを隠そうともしない黒田は、プリントアウトと依頼人・早乙女嶺花さんを交互に見て、「これ、アナタ?」とモロに訊《たず》ねた。

「はい……そうです」

嶺花は特に恥じらう風もなく答えた。

おれもプリントアウトと彼女を見比べた。黒田は着衣の彼女から裸身を想像しているのだろうが、おれは違う。目の前の清楚《せいそ》でマジメで優秀そうな彼女と、ベッドでの痴態を見せつけている女性の画像が結びつかないのだ。

真面目《まじめ》で内気そうな彼女が、恥ずかしい場所を自分の指で……相手のモノを口で……。

顔が同じなのに、同一人物とは思えない。

「差出人は、マスコミに出るのを止めろ仕事も辞めろと言うんです。従わなければ、この画像をネットで拡散すると」

すでに、目線を入れて誰だか判らなくしたものはネットに流れているらしい。

「でも私、仕事辞めたくないんです。今、任されている広報の仕事はやり甲斐があって、自分でも手応えを感じているので……ですから、なんとかできないものかと」

早乙女さんは切々と訴えた。

その真剣で思い詰めた表情に、おれは心から同情した。早乙女さんは彼女を嫉む何者かによって、大きな陰謀、もしくは卑劣な攻撃に巻き込まれてしまったのだ。間違いない。

一方、黒田社長はプリントアウトを凝視したままで、いっこうに言葉を発しない。写真からなにかを紐解《ひもと》こうとしているワケではない。ただ、依頼人の裸体や秘部を食い入るように見ているだけなのだ。

「この写真が撮られた経緯というか、それについては伺えますか？」

おれが訊ねた。この探偵社で働くようになって半年。そこそこ仕事も板に付いてきた。

「はい。これを撮った男性は、ある企業の人事担当者です。私が就活をしていたときに、あと少しで内定を貰えそうだった会社の……」

要するに、採用をエサに肉体関係を迫り、ヤッたあげくに不採用にしたのだ。就活中の依頼人としては内定欲しさで、求められるがままに情交写真を撮られてしまったらしい。

「私は、その社よりは格も業績も落ちる他社に採用されたのですが、その後、ヒット商品を出したウチの会社が急成長してそこを抜き、私も広報で有名になって、『美人過ぎる広報ウーマン』と言われてテレビに頻繁に出るようになったので、嫉妬みたいな感情があるのではないかと。たぶん、ですけど」

依頼人の早乙女嶺花は、その男性に何度も連絡を取ったのだが、取り合ってもらえないと困り果てた表情を見せた。

「そいつやな。間違いない」

社長が一言、重々しく言った。

「写真をネットに流すと脅迫して来たんは、その男や。ヤリ逃げや。ヤリ捨てた女が妙に有名になったんで逆ギレしとるわけや。腐った外道やないかい」

社長は顔を歪《ゆが》めて怒ると、依頼人にきちんと顔を向けて、言った。

「お嬢さん、よう判りました。その外道、キッチリ締め上げたりますわ」

今回は、社長直々に担当するようだ。暴力沙汰は苦手というより、まったく出来ないおれとしては、とても有り難い。

＊

日曜の朝。

おれと黒田社長が向かったのは、このハメ撮り写真を撮ったという男の自宅だ。

こういう件は、会社に出向くと業務妨害と脅迫と見なされ、警察を呼ばれてしまう可能性がある。それに、下半身の件は自宅に乗り込む方が、奥さんの存在があるだけに「効く」のだ。

それにしても、腹の立つ案件だ。

就活生の弱い立場に付け込むような悪党は、いろんな手管を使って関係を迫ったに違いない。情交に持ち込み、写真を撮り、その写真をネタにもっとディープなことを要求し……早乙女さんはきっと我々に言えないこともされたのだろう。

あとから考えると、依頼されたときにもっとよく事情を聞いておくべきだったのだが、根掘り葉掘り訊くと彼女が可哀想な気がして、控えてしまったのだ。

「これは、難しゅうはないが、許しがたい案件や。断固やってやろやないか」

黒田はガニ股で葉巻を咥《くわ》え、静かな住宅街を闊歩《かっぽ》した。

「その外道は一部上場の企業で役職に就いとって、妻子も持ち家もあるんやろ？ つまり失うもんが多い、いうこっちゃ」

「はい。奥さんと子供だけではなく、猫と犬まで飼ってると依頼人は言ってました」

相手の男の自宅に向かう道々、おれたちは話した。車で乗り付けるのではない。経費節減のため、現場までは電車と歩きだ。

「そういや、依頼人は少し恨みがましい感じで喋ってましたよね。相手の男を依頼人は好きだったんじゃないですかね？ だから、求められるままにいろんなことをした、と」

黒田はおれを見て、意味ありげにふふんと笑った。

男の自宅は、郊外の高級住宅街のランクで言えば「上の下」という感じの、なかなか立派なものだった。

道から数段上がったところに鉄製の門、その奥に洋風のシャレた屋敷がある。たぶん玄関と反対側に、青々とした芝生《しばふ》が広がる庭があったりするのだろう。

一部上場の一流企業の人事担当者ともなれば、こんな家に住めるのだなあ。

「ほたら、お前が口火を切って話せえ。オン・ザ・ジョブ・トレーニングや。わしは後見したる。お前が自力でハナシつけてみい」

黒田は新しい葉巻に火をつけた。

「え？　社長は？」

「このへんのサテンにでも……と思うたが、ないな。ほたら、お前の横で文鎮みたいに座っといたる。わしがおるだけでかなりのインパクトやろ？」

黒田はおれの背中をバンと叩いた。

「簡単な話や。こんなチンケなオッサン、ちょっと脅せばすぐにケツ割るで。猫かて子猫に狩りを仕込む時は半殺しにしたネズミを目の前に投げ出すやろ。これはわしの親心や」

調査ならまだしも、交渉事（というか事実上は脅し）をやるのは気が進まない。しかしいたいけで清純な就活生を騙した男の、卑劣な行為は断じて許せない。

鉄製の門の脇にあるドアチャイムを押そうとしたら玄関が開き、奥さんらしい美熟女が小学生くらいの男の子と、もっと小さな女の子を連れて家から出てきたので、我々は近くの物陰に隠れた。

奥さんはなにかを言い忘れた様子で、家の奥に向かって大きな声で叫んだ。

「ねえ、昼ご飯はシチューを用意しておいたから温めて。バゲットはケースの中。幸四郎《こうしろう》をテニススクールに送ったあと、たかこのバレエ教室に付き添って、終わったら二人を連れて夕方までに戻るから。あなた今日はゴルフはないんでしょう? ペスを散歩に連れていってくれるだけでいいですから。チャムにはキャットフードをあげておいてね。毛玉防止のほう」

いい奥さんではないか。

おれは羨ましさのあまり歯ぎしりしたくなった。持ち家に子供二人、ペット、専業主婦の妻と、安定した仕事。おれには無いものばかりだ。それなのにこの外道は、まだ足りぬとばかりに女子大生を弄んだあげく、劣情と嫉妬のあまりに恥ずかしい写真をネットに流し、彼女のキャリアを台無しにしようとしているのだ。

妻子は門を開けて外に出るとガレージに回り、一番安いベンツに乗って出て行った。

それを見届けて、ドアチャイムを押した。

「はいはい。なんだ? 忘れ物か?」

面倒くさそうに家から出てきた男は、折り目のついたチノパンにぱりっとしたシヤツ、小洒落たチェック柄のセーターなどを着込んだ、いかにも一流サラリーマンの休日、というイヤミな格好だ。

しかし、さすがにおれたちを見てギョッとしている。おれはともかく、武闘派ヤクザの黒田が玄関に立っていたら誰だって驚く。

「向坂《さきさか》さんですね？　ちょっとお話が」

断ったら黒田が逆上し、近所中に聞こえる声で喚《わめ》かれるとでも思ったのだろうか。向坂は怯えた様子で我々を家に上げた。

廊下を歩くと、ジャーマンシェパードらしい犬にバウバウとひどく吠えられた。

「こら静かにしなさいペス！」

だが全然鳴き止まないので、葉巻を咥えた黒田がペスの鼻先をゴンと殴ると、キャンと言って逃げてしまった。

さらに怯えた向坂におれは切り出した。

「あの、早乙女嶺花さんの件ですけど、覚えあるっすよね？　最近連絡あったでしょ？」

広いリビングの高級そうなソファに座って、我々は向坂に相対した。

黒田は傍若無人な態度で脚を組み、ソファにふんぞり返って葉巻を吹かしている。

それだけでかなりのド迫力だ。

向坂はといえば、顔色は悪いがいわゆる渋いアラフォーで、背も高いし顔もシュッとして、カラダも鍛えていそうだ。女子大生が憧れて、惚れてしまったとしても無理はない。

「で、アナタに幾ら電話しても埒あかないっていうんで、我々代理人すけど」

奥さんとお子さんが帰る前に話、済ませますけど、などと言っていると、足に何かが触るのでぎょっとした。

見ると、大きなオレンジ色のトラ猫がおれの足にスリスリしていた。この家の犬はブランド犬だが、猫は思い切り雑種のようだ。

「よしよし駄目だよチャム。お客様が怖がっているじゃないか」

向坂は猫撫で声を出して猫を抱き上げ、リビングの外に出した。

「で、早乙女嶺花さんの代理として、我々が何の用事で来たか判ってますよね？ すぐにやめてもらいたいんすけど……その、リベンジポルノをネットに流すことを」

「はぁ？」

向坂の目が点になった。

「なんのお話かと思ったら……リベンジポルノ？　私が？　何のために？」

ヤクザとその手下が来ているというのに、向坂は腕組をして首を捻《ひね》った。

「いや、申し訳ない。だが私には何の話か、一向に判りかねますな。彼女が何と言っているかは知りません。しかし、今更迷惑なのはこっちですよ。就職試験で不採用にしたことをまだ恨んでいるのかな？」

向坂は額に手をやって考え込んだが、黒田が睨んでいるのを感じると、姿勢を正した。

「たしかに……彼女は最終面接まで残ったし、彼女から求められるままに私が個人的にアドバイスをした局面もあったかもしれない。しかし、不採用はあくまでも社としての判断であって、私の個人的な感情は一切入っていないんです」

彼女は……なんというか、少々エキセントリックなところがあってですね、とスカしたセリフで続けた。

「我が社は常識と節度を過剰なまでに重んじる社風です。彼女は残念ながらその基準を満たすとは認められなかった、というだけの話であって、それ以上でも、それ以下でもないんです」

「認められない？　それって早乙女さんが常識外れで節度がなくてアタマおかしい、

みたいな意味っすか？　それ酷《ひど》くないっすか？　採用をチラつかせてカラダを弄んだあげく、キ〇ガイあつかいはあんまりっしょ。就活生なら誰だってテンパってるし、まだ社会人じゃないんだから、そんな常識とか節度とか、多少足りなくても仕方ないじゃないっすか！」

「いや、彼女の場合『多少』というレベルじゃなかったんだ、それが」

嘘言ってんじゃねーよ。

おれはますますムカついた。

あの清純さを見る限り、彼女はこの外道に弄ばれるまではおそらく処女だったのではないか？　いや絶対そうに違いない、そうに決まっている！

その瞬間、おれの脳裏には、怒濤のように妄想が沸き起こってしまった……。

「キミ、ほんとうに当社に入社したいのかね？」

「はい。ぜひ！」

みるからに真面目そうで優秀そうで清純そうな、黒い就活スーツの女子大生・早乙女嶺花は、向坂の言葉にキラキラと目を輝かせた。

「そうか。それなら、就活で最後にモノを言うのは何だか知っているかね？　学業成績でも資格でも、はたまた大学生活でこれまでにしてきたこと、部活や海外経験などのアピールでもない。そこをみんな勘違いしている。大事なのはただ一点、どうしてもここで働きたいという熱意。それだけだ。要するに覚悟と本気。きみはそれを見せられるかね？」

「本気なら負けません！　何でもします！」

「ではきみの本気を見せてもらおうか」

個室ダイニングで、スーツを脱ぐように命じられた早乙女嶺花は恥じらいながらも肌を晒した。本気を見せろと煽《あお》られるうちに、訳が判らなくなり、ありとあらゆる恥ずかしいことをしてしまう……。

「ほら、きみの女の園が、男が欲しいとヨダレを垂らしてるよ……」

パンティの股間が濡れてきたのを指摘されて嶺花は激しく狼狽《うろた》えた。しかしまだ処女で真面目な優等生で、世間知らずの彼女は、手も無く向坂の術中にハマっていくのであった……。

「おい飯倉、どないしたんや？」

「キミ、具合でも悪いのか？」

黒田と向坂に心配されて、おれはハッと我に返った。いつの間にか妄想の世界に没入していたようだ。

「とにかく、何の話かと思えば、いきなりやってきてそんな言いがかりをつけられても困る。ストーキングとかリベンジポルノとか、キミの言う話は全然訳が判らない。彼女が今、あちらの会社で広報として活躍していることは承知しているし、彼女のためにも良かったとは思うが、今の話を聞くと、やはり彼女は私が思ったとおり、少々おかしいのではないかと、そう判断せざるを得ないねえ」

何なのだ、この男は？　彼女のキャリアを台無しにするような画像を裏でコソコソ流しつつ、口ではもっともらしいことを言いやがって。

おれは怒りのあまり一瞬言葉を失った。だがここは言い返さなければ。彼女のためにも。

「おかしい？　早乙女さんが？　おかしいのはおたくのほうっスよ！」

こんな喋り方しかできないのが、我ながらいやになる。法廷ドラマではよくあるシーンだが、シラを切る悪人を容赦なく追いつめる、検事か弁護士みたいな喋り方がおれにも出来ればいいのに。大学でもっと勉強しておけばよかったと後悔したが、続けるしかない。

「なんつうか、サイテーっすね、おたく。早乙女さんが就活生で立場が弱いのに付け込んでセックスした上に恥ずかしい写真も撮って、それを今になってなんでネットにバラ撒くんすか？　それってパワハラのセクハラじゃないですか！　その上、早乙女さんが仕事で成功して、業界で有名人になったから、それが気に入らないんスか？　男のジェラシーすか？　ウツワ小さすぎるっしょそれでは」

思わず大声になったが、やっぱりどうあがいても、格好いい喋り方はできない。

「社長もなにか言ってくださいよ！　ずばっと一言！」

ただただ黙って座っている黒田に、おれは助力を求めたのだが、黒田はその怖い風貌と存在感をひたすら誇示するばかりだ。

もしかして……社長って、ここぞというときには意外に弱いんじゃないのか？

のらりくらりと言い逃れる向坂に決定打を繰り出せず焦るおれの耳に、部屋の外で何かかすかな物音が聞こえたような気がした。玄関のほうだ。きっと犬か猫だろう。

向坂はしらじらしい演技を続けている。

「恥ずかしい写真？　立場に付け込んで？　パワハラにセクハラ？　いやそれは違うよキミ。確かに写真は撮った。……撮ったような気がする。だがしかし、それは彼女が撮って撮ってとせがむから撮影しただけなんだ」

「要するに撮ったんですよね？　恥ずかしい写真を？　二人きりで？」

「だからどうした？　雰囲気を盛り上げるためだよそれは。記念になるからって彼女も喜んで……ははん、そうか」

向坂はおれを見て笑みを浮かべた。

「キミはあれ？　もしかして童貞？　もしくは、女と付き合ったことないの？　ベッドの上でエロティックな状態になって、あれこれ二人で趣向を凝らすってこと、知らないんだ。はは～ん」

「何がハハ～ンですか！　ねえ社長、社長も女については詳しいでしょう？　コイツにガツンと言ってやってくださいよ！　ガツンと」

黒田は黙って葉巻をくゆらすのみで、何も言わない。しかし、少し腰を浮かしただけで向坂の全身が強ばり身構えたのをおれは見た。黒田はただソファに座り直しただけなのだが。

「まあそれはともかく……」

向坂は何時爆発するか判らない不発弾のような黒田を不気味そうに見ながら付け加えた。

「その写真なら、私はもう、消してしまったよ。いちいち浮気の証拠になるようなモノ、取っとかないでしょう？　彼女だって消しただろうし」

よくもまあ、いけしゃあしゃあと。

一見、まともな社会人が、ここまでぬけぬけと嘘をつくことにおれは衝撃を受けた。

「消した？　じゃあこれは何なんすか？」

おれは、胸の内ポケットから折り曲げたプリントアウトを取りだした。デジタルデータを印刷して、依頼人の早乙女さんに送りつけられた、リベンジポルノ画像だ。

怒りのあまり震える手で一枚、三枚、五枚、十枚と、やたら肌色の目立つプリントアウトを、おれは応接セットの大理石のテーブルトップ一面にずらずらと並べていった。

「これもこれもこれもこれも……写っているのはみんな早乙女さんと目線入りのアナタじゃないっすか！　消したとか、そんなウソ、よくつけますよね？　それもわずか五年前のことなのに」

「わずか五年前ですって？」

女の声がしてリビングのドアが開いた。そこには、外出したはずの、向坂の妻が立っていた。

　上品な美貌からは血の気が引いているが、そこはさすがにお金持ちの奥様。感情にまかせて、いきなりわめき散らすような真似はしなかった。逆に抑えすぎるほど抑えた、氷のように冷たい声と口調が恐ろしい。

「五年前といえば、たかこを生むために、あたくしが実家に帰っていた時期ですわね？」

　奥さんはつかつかとテーブルに近づき、穢《けが》らわしいモノでも触るように、画像の一枚を摘まみあげた。

　それには、大股開きで右手の人指し指と中指を逆V字にして、思いっきりアソコを広げた早乙女さんのピンクの秘部が写っていた。無邪気な笑顔の横では、左手でもV字を作ってピースサインをしている。

「ひどいわ。あたくしがツワリに苦しんでいる間に、あなたはこんな女と……こんなコトまで」

「お……お前、どうして……」

「帰ってこなければよかった。たかこのトウシューズの替えなんか取りに来なければ……」

奥さんは突然、キレた。美しい顔が般若《はんにゃ》のようになったかと思うと、テーブル一面に並べたプリントアウトに唸り声を上げて襲いかかり、片っ端から引き裂き始めたのだ。

「こんなことにあんなことに……こんなことまでッ！」

恐怖のあまり、おれは身動きもできない。

横目で見ると、強面の社長も顔を強ばらせて硬直しているではないか。

ついさっきまで旦那のほうに感じていた怒りは、しゅるしゅると風船がしぼむように、一気に萎えてしまった。

旦那はといえば、おれや社長以上に怯えている。ソファからずり落ちてへたへたと床に座り込み、今にも失禁しそうだ。

プリントアウトの最後の一枚が紙吹雪《かみふぶき》になって、ようやく奥さんは我に返った。

「あら、ごめんなさいね。お客様なのに、お構いもできなくて。でも、これからあたくしたち、夫婦で大事な話をしなくてはならないの。遠慮してくださる？」

一も二も無く、這々《ほうほう》のテイでおれたちは逃げ出した。

背後で飼い猫のチャムが悲しそうに鳴く声が聞こえた。

＊

それからしばらくして。

「ようやった飯倉。お前は意外に見所があるな。お前に交渉事はまだ荷が重いと思とったけど、やったら出来るやないか」

黒田社長は上機嫌だ。というか、その場に自分も居たクセに、ただ居ただけなのが決まり悪いのか？

おれのツッコミが効果を上げずに焦っていた時に、たまたまターゲットの妻が戻ってきて修羅場になった。結果的には、黒田が脅し上げるのと同じ……いや、それ以上の効果が得られたのだ。

「リベンジマッチやのうて、リベンジポルノか。流出止まったみたいやで。依頼人から料金の残りの分の振り込みがあった。その代わりに向坂のウチは崩壊や。女房は子供二人と犬連れて出て行ったらしい」

「え？　猫はどうなりました？」

と、思わずおれが訊くと、黒田は待ってましたとばかりにデスクの下からバスケットを取り出した。

にゃー、という鳴き声がした。

「さっき、一応アフターサービスで様子見に行ってんけど、家売りに出されとったわ。慰謝料と養育費に化けるんやろな。そんで空き家の庭に瘦《や》せこけた猫がおってな」

黒田がバスケットの蓋を開けると、見覚えのあるオレンジ色の猫が顔を覗かせ、おそるおそる這い出してきた。気の毒なことにすっかり瘦せて見るカゲもない。

「お前にやるわ。今回の報酬、つーか今月分の給料や」

「えっ？　でもおれ猫なんかもらっても」

「文句ある言うんか？」

黒田がゲジゲジ眉毛の下のどんぐり眼をカッと見開いて、おれを睨みつけた。

「これはブランド猫や。雑種と違う」

どう見ても雑種なのだが。

「アメリカンショートヘアーのブラウンタビーや。わしは前にペットショップも経営しとったからよう知っとる。ほれ、ここに渦巻き模様があるやろ」

言われてみればオレンジ色の地に、さらに濃い茶色の、蚊取り線香のような模様が猫の横腹にはある。

「ここで飼《こ》うてエエから、お前が世話をせえ」

転売すれば数万にはなる猫だと社長は言う。しかしその猫代もきっと社長に没収されるのだろう。おれはテイの良い世話係だ。

「けど給料無しではおれ……現物支給ではなく、できれば現金で……約束だった、おれの家族の行方も捜してもらってないし」

　そもそもおれの借金は、勤務先のコンピュータのシステムをダウンさせてしまって会社に損害を与えた弁償で負ったものだ。じゅん子さんには「払わなくていいのに、あんたバカね」と言われたが、勤めていた会社がブラック企業だったので、ヤミ金から借金して弁償するしかなかったのだ。その借金が借金を生んでどうしようもなくなり、借金の整理屋に処理を頼んだら、もっと大変なことになった。実家に助けを求めようとしたが、なぜか家族全員が夜逃げしており、実家があった場所も更地になっていたという運の悪いおれ。

　そもそもおれは、この探偵社に親の居所を探して欲しいと仕事を依頼しに来た客だったのだが。

「文句を抜かすな、ワレ！」

黒田社長はキレた。客先では静かだったのに、この強面社長は内弁慶じゃないのか？

「お前はここに住まわせてマカナイも付けとる。借金持ちの分際でペット可の物件に入居できると思うんか？　ペットを飼うゼイタクまで許す、言うてるんやぞ」

「ほらほら早く謝って」

じゅん子さんがおれの頭を押した。

「その代わりキャットフードや猫トイレの砂は会社の経費で落とすから。ねえ社長、それでいいですよね？」

社長はじゅん子さんには逆らえない。

「いいじゃん。猫可愛いじゃん。飯倉クン、お世話するといいよ。あたしも時々猫見にくるから」

あや子さんも無責任に口を挟んだ。全身からエロ光線を発しているあや子さんが今よりもっと頻繁にここに来て、スケスケのブラウスの下にある巨乳も頻繁に拝めるのなら、それでもいいか……。

おれがそう思いかけていると、探偵社のドアに激しいノックの音がして、早乙女嶺花が飛び込んできた。

「大変なんです！　流出止まってなかったんです！　こんな画像が送りつけられてきて」

彼女はまたもプリントアウトを見せた。

今度は、高校の制服を着た美少女がにっこり笑いながらチェックのミニスカートの裾を乱して、ルーズソックスの脚からパンツを生脱ぎしている画像だった。

「これ、あんたなんか？」

清純そのもので、まるで「清廉」が真面目なＯＬスーツを着ているようにしか見えない依頼人・早乙女嶺花さん……その彼女が、なんと、高校時代にパンツを売っていたって？

「あの、これは早乙女さんが、いわゆるブルセラ少女だったということですか？まさか。そんなの、何かの間違いですよね？」

縋《すが》るようにおれも訊ねた。もしも、そうだと言われたら、おれの価値観は音を立てて崩壊してしまう。

しかし、彼女はアッサリと答えた。

「そうですけど？　それがなにか？」

なにが問題なのか、と首を傾げて言葉を続けた。

「お友達とかたくさんやっていましたよ。お小遣いの欲しい年頃だし、放課後、街で遊ぶと、何かとお金かかるじゃないですか?」

カラオケにプリクラ、ファストフードにファミレス、化粧品や雑貨や服のショッピング、ケータイの料金……。ひとつひとつは少額でも、積もり積もれば結構な金額になる。

「両親から貰うお小遣いでは足りなくて。街にいると、いろいろ付き合いもあるし、お金かかるんですよ」

「だからって何も、その、パンツとか売らなくても。高校生なら街で遊ぶより、その、部活とか家で勉強とか」

思わず言ったおれを、彼女は「あんたバカ?」という目で見た。

「一番楽しくて本当の自分になれる場所に行くのは当たり前でしょう? 友達といえる子たちも全部渋谷《しぶや》にいたし。ＪＫでいられるのって、たった三年間ですよ。就職とか結婚とか、そういう現実を考えなくていいのは。ウチの学校はバイト禁止だったし、バイトしてもたいしたお金にならないし、バイトしたら遊ぶ時間なくなるし。費用対効果というかコストパフォーマンスを考えたら、少しでもワリのいいバイトしてお金稼ごうと思うのは、普通じゃないですか!」

さすが大企業の広報ウーマン。立て板に水で、おれの意見は一気に粉砕されてしまった。

それにしても……将来については少し考えたほうが良かったのではないか、と思ってしまうのは、おれが田舎者《いなかもの》だからなのか？

「将来とか、証拠が残るってことは私も考えましたよ。女の子だし。でも、それは大丈夫だってお店のスタッフが断言したんです。顔なんてオトナになったら変わるって。化粧や髪型でも別人になるって」

たしかに、粒子の粗い画像の中でパンツを脱いでいる美少女は、ＪＫ＝女子高生なりに幼く見える。今、おれの目の前にいる、化粧も髪型も洗練され尽くした美女と同一人物だとは、言われてみなければ判らないだろう。

「このころはまだアイプチで作っていた二重瞼《ふたえまぶた》だったからちょっと不自然だけど、その後、大学に入るときにきちんと直したので、目元も変わっているでしょう？」

早乙女さんはごく当たり前のことのように、平然と言ってのけた。つまり整形した、というコトか。

「顔だけじゃなくて、カラダなんてもっと変わるから平気、って言ってヌード写真を売りさばいてる子もいたなあ……私はそこまでしてないし、ただ一回使った下着売ってただけなのに、今になってこんな……男のヒトと最後までしたこともないのに」

「途中まで」ならあるんすか、とおれは思わず聞きかけたけど、そこはお察し、というやつだろう。

「とにかく、マジックミラーの向こうでこんな写真撮ってたヒトがいたなんて想定外です。ひどいですよ。反則ですよ。しかも、こんな写真を今ごろになって流すなんて」

マジックミラー越し、ということは相手の正体は不明なのだろうか？

「まあええわ。今でもＪＫ産業っちゅうのはあるしな。散歩とかリフレとか、わしの知り合いもシノギにしとるわ。それにしてもあんたがいてたブルセラはアカンな。ＪＫは、いわば大切な商品や。客にカメラ持ち込ませた店が悪い。もう潰れとるやろけど。あんたの写真撮った外道に心当たりは？」

「……たぶんあのヒトっていうのはいます」

早乙女さんが言うには、彼女に執着して毎日のように店に通い詰めて、何枚も何枚も、一万円近くするパンツやブラ（ちなみに全部純白）、ソックスなどを買い漁《あさ》る男がいたらしい。

「いわゆるオタクなタイプって言うか、なにかコレクションし始めたらコンプリートしたくなるヒトっているでしょう？　そういうの、オタクっていいません？　とにかくそのヒトは、私に関するモノを全部買い占めてたって」

「そういや、壜詰《びんづ》めのオシッコとかも売ってるそうやな」

「そういうの、何を考えて買うのか全然理解出来なかったけど。一度穿《は》いただけのパンツとかも。でも、壜詰めは一番おカネになりましたよ」

彼女は、自分のカラダから出たものは全部売っていたのか？

「まあそのヒトは、私だけを指名してくれてたから悪い気はしなかったです。なんかアイドルみたいな気分にもなったし。だから何度か食事とカラオケに付き合ったこともあって」

「それだけでっか？」

社長が鋭く訊いた。

「まあ、それなりにイロイロと。一人でする所を見ていてあげるくらいは。いわゆるイメクラのオナニー鑑賞っていうアレです」

「え？　早乙女さんがオナニーするのを見せるんですか？」

「違う違う。その逆ですよ。相手が一人でして、発射するまで見ててあげるの。それを見て欲しいオトコっているんですよそれが」

そう言って早乙女さんは微笑んだ。

まったく邪気のない、無垢《むく》で清純そうな笑顔。だがそれがまたしてもおれの妄想を掻き立てた。

彼女は無邪気で清純で人を疑うことを知らない、いまどき珍しい純粋な女性だ。そこに付け込まれたに決まっている。「ただ見るだけ」以上の、もっとすごいことをやらされたに違いないのだ。ただ見て貰うだけにお金を払うヤツなんか、いるはずがないではないか……。

カラオケボックスに入る早乙女嶺花と変態コレクターであるところのキモオタ。カラオケボックスのスタッフには金を摑ませているので、誰もその部屋には寄り付かない。

「これはいつもキミから買う下着」

そう言ってカバンから取り出した純白の布切れをキモオタは顔面に押し当て、その香りを思いっきり吸い込んだ。

「いい匂いがして女子高生のアロマは感じるんだけど、全然シミとかついてないよね？」

当たり前だ。店から渡されて穿いたものをすぐ脱いで、マジックミラーの下にある小窓から相手に渡すだけなのだから。

曖昧に笑っているだけの、いたいけな女子高生に迫る、邪悪なキモオタ・コレクター。

「一〇〇Kでどうかな？　今ここでキミの、本物のシミつきパンティを売ってくれたら、それだけ払うよ」

十万円、と言われてさすがに心が動く彼女。まだ大人ではない。高校生なんだから当然だろう。世の中のことも、自分の値打ちも、全然判っていないのだから。

そこにつけ込んだ外道はキモオタの分際で、金の力にモノを言わせて、清純な早乙女さんの聖なるパンティを手に入れ、その匂いを嗅ぎ、自分の醜悪なオナニーを彼女に見せつけ、あげくの果てには言葉巧みに持ちかけて彼女にもオナニーをさせて、その清らかなラブジュースが一杯にしみついた、清純な下着を持ち去ったのだ……！

「ゆ、許せないっス。そういうヤツは思いっきり……ガツンと締めてやらないと！」

怒りに震えるおれを見た黒田は、驚いたような顔をした。

「ほう、飯倉、珍しいな。お前が本気出すなんて。ようやくウチの業務の何たるかが判ったんか？」

そういうコトではなくて、とおれは言った。

「だってキモオタっすよ？　キモオタのおっさんっすよ？　そんなヤツが早乙女さんのような美女と、それもまだ女子高生だった清純可憐《かれん》な美少女と口きいてもらえるだけでも感謝すべきなのに何なんすか？　こっそり撮った画像をネタに今さら強《ゆ》請《す》るなんて」

こんな話がアリなら、世の中の秩序というものが保てない、とおれは主張した。

「図々しいっしょ？　それはまるでおれみたいなのが一部上場企業の正社員に雇えと要求するとか、結婚して家と車買って子供二人持ちたいとか、それクラスの図々しさっすよ。どのくらい身の程知らずかと言えば、たとえばおれがクーポンもないのにファミレスに入るとか、回る寿司で金の皿を取るとか、雨降ったからチャリは諦めてバスに乗るとか、半額でもないのに冷凍食品買うとかそのレベルの……」

「判った判った。もうエエ。そこまで自分を卑下するなや。聞いてるこっちが悲しゅうなって首括《くく》りとうなるわ」

黒田はおれを黙らせると、早乙女さんに向き直って訊いた。

「その外道の名前とか外見とか、あんた覚えてるか？　それとあんたの源氏名っちゅうか、ブルセラやってた時の名前も教えてんか」

彼女のブルセラネームは「まゆ」。そして変態オタク・コレクターの名前は「肝《きも》居《い》」であると判った。

「まだ三十くらいなのに髪が薄くてずんぐりむっくりでネルのチェックのシャツばっかり着てました」

「よっしゃ。判った！」

そう言った黒田は受話器を取り上げた。

「あーワシやけどな、おたくＪＫリフレやっとるやろ？　キモイ、いう名前の客おらんか？　外見はハゲデブで変態のコレクターや……歳《とし》のころは、十年前に三十やから今、四十くらいか？　お、いてるか！」

うんうん、と返事を聞いていた黒田だが、最後には難しい顔で電話を切った。

「肝居、いう客はおって、外見も年齢も早乙女さんの言う通りなんやが、登録している女子高生が嫌がる行為を何べんも強要したんで出入り禁止になってしもうたらしい。手詰まりやな」

どないするかな、と落胆した社長は腕を組んで考え始めた。だがこういう場合、黒田は何も考えていない。考えるフリをするだけだ。

だがその時、救世主が現れた。それまでパソコンを操作していたじゅん子さんだ。

「ターゲットとコンタクト出来ました！」

「え？　どういうことですか？」

「ネットのＪＫ愛好者のサイトにアクセスして、公開メッセージを送信したんです。そうしたらマンマと……」

じゅん子さんは以下のような公開メッセージを送ったと言った。

『十年前に渋谷のブルセラ店でパンツ売ってた「まゆ」です。あのころ何度も指名してくれてた肝居さん、ここにいますか？　最近何度も肝居さんのこと思い出します。あたし、もうＪＫじゃないけどカラダとかほとんど変わらなくて今でも昔の制服着れます。昔と違うのは、今なら「最後まで」出来るかなって』

じゅん子さんは釣り針に美味しそうなエサをつけてサメの海に放流したのだ。

『もしこれを見てたら exjkmayu@***.com までメッセください。まゆが肝居さんだってわかるように写真添付で』

「これ、今作った捨てアドなんですけど。そうしたら、すぐに返事がどっと来始めて……その中に、肝居らしい写真を添付したものが……あれ？　どこ行ったかな？」

怒濤の返信の中に、ホンボシからのメッセージが埋没してしまったらしい。

「たった十分で九十件近いメッセージが送られてきて……しかも全員が肝居になりすまそうとして、キモい文章とキモい画像を送信してきてるから、もうどれがどれやら」

紛れてしまったのなら仕方がない。おれたちは送られてきたメッセージを一つ一つ読んでいった。

『十年前、ストリートではぐれた君は、途方に暮れた天使。時を経てふたたびめぐりあう。さあ、この暑い（ママ）胸に飛び込むがいい！　もう、二度と、迷わなくてもいいんだよ』

『ずっとさがしてたよ迷子の（ΦωΦ）子猫チャン犬のおまわりさんに返事をくれるかな？』

『運命が引き裂いた僕達は、コンクリートジャングルをさまよう時の旅人。泣き疲れ、歩き疲れても切れない赤い糸。今、ためらわず、広げる愛の翼』

出来損ないのＪ－ＰＯＰみたいなメッセージばかりで、頭の中が腐ってきそうだ。

「なんスかこのキモいポエムは？　正気で送ってくるんスかこれ？」

添付されている画像はごく普通の男たちのもので、肝居らしい人物は映っていない。

とはいえ、自分の写真を送ってきた全員が、ＪＫを金で自由にしたい奴《やつ》らなのだ。まさにキモい連中。おれにはそんな金はないから、嫉妬と言われればその通りなのだろう……。

しかし、まゆ、こと早乙女さんは嫌悪の呻《うめ》き声をあげるでもなく鳥肌を立てるでもなく、画面に表示されるキモポエムを淡々とチェックしている。この手の勘違いというかキモさに彼女は耐性があるのだろう。

「あ、このヒトです。全然変わってないなあ……キモさが」

添付された写真の中でピースサインを作っているのは、早乙女さんが言った「ハゲ・デブ・ずんぐりむっくりでネルのチェックのシャツを着た四十絡みの男」だった。

早乙女さんはすぐにこの男に、「昔、よく一緒に行った渋谷マルキューのエスカレーターで待ち合わせましょう（はあと）」と返信して約束を取り付けてしまった。

約束の時間は、今から一時間後。

「幸先のエエ滑り出しやないか。今回ワシは控えておく。お前が現場の処理を担当せえ」

イヤと言えないのがこの探偵社の不文律だ。

早速あや子さんがドン・キホーテに行き、おれと早乙女さん用の変身セットを買ってきた。

早乙女さんには、紺色のセーラー服。この手のコスプレの定番で、誰が来てもだいたい似合う。

おれも言われるままに着替えた。

てかてかした生地のジャージ上下にサンダル、お約束の紫色のミラー・サングラス。ワックスで髪型もロックンローラー御用達のリーゼントに変えて、あっという間に絵に描いたような安物のチンピラが一丁あがりだ。

「ちょっと迫力足りないわねえ」

と少し離れておれを見ていたあや子さんは、「黒ちゃん、それちょっと貸して」と社長から金のネックレスを奪って、おれの首にかけてくれた。

ずっしり重い……かと思ったら軽い。どうもフェイクらしい。

「さあ、そろそろ行ってこい！」

社長は、おれと早乙女さんを送り出した。

渋谷109のエスカレーター下に、なんちゃって制服を着た早乙女さんが待機した。胸元にはワイヤレスの隠しマイクを仕込んで、少し離れた場所にいるおれに聞こえるようにしてある。

早乙女さんは細身で「見た目は」清純なタイプなので、ぱっと見は女子高生に見える。しかし……よく見ると、二十代半ばの成熟した女性がセーラー服というコスプレ姿をしているのが判る。これは、おれ自身意外だったのだが、モーレツな色香が漂う。こういうのはオヤジ趣味だと思っていたが……このエロ具合は、なんなのだろう？　セーラー服には、女の色気を増加させる作用があるのだろうか？　セーラー服＝エロという刷り込みが出来てしまっているのだろうか？　だったら本物の女子高生のセーラー服姿は……エロいよなあ、やっぱり。

そんなことを思いつつ、少し離れた場所から早乙女さんを見守っていると……ハゲでデブのオッサンが、満面の笑みを湛《たた》えてやって来た。

肝居だ。

「まゆちゃんちっとも変わってないね～……というか、最近どこかで会った気がするんだけど？」

それはテレビに彼女が頻繁に出ているからだよと教えてやりたかったが、今おれは離れた場所にいる。

「で、キミはボクが忘れられなかったって？　よしよし。十年前の続きをしよう。二人きりになれるところに早く行こう。ね？」

「違うんです。今日来たのはそんなことじゃなくて。私の画像、こっそり撮っていたでしょう？　全部、返してほしいんです」

「は？」

肝居は、見守っているおれがブチ切れそうになるほどしらじらしい表情を作った。

「何の話かなあ？」

なぜ外道どもは向坂もこの肝居も同じ反応をするのだ？　嘘をつくのがなぜ平気なんだ？

正義の怒りがおれの勇気に火をつけた。

気がつくと、おれは早乙女さんと肝居の間にずい、と割って入っていた。

「ちょ……おたく何言ってんスか？　じゃなくて、嘘ついてんじゃねーよコノヤロウ！」

「は？」

脅し上げてはみたが、我ながら迫力がなさ過ぎる。おれに借金を背負わせたＩＴブラック企業でも今の黒田がやっている探偵社でも、おれは一貫して脅す側ではなく、脅される側にいるんだし。

黒田社長とじゅん子さんからコーチされたとおり、右肩をぐい、と前に出し顎も引いて、精一杯の上目づかいで、ヤツを下から睨み上げるようにしてみた。だが。

「キミ、肩でも凝ってるの？　っていうか、あんたこの子の何なのさ？」

「彼氏っす。おれのカノジョにおたく、何してくれたんスか？」

「何ってまだ何もしてないけど。コレどういうことなのまゆちゃん？　ボクを脅すために呼び出したの？　ナニコレ、美人局《つつもたせ》？　警察に行ってもいいんだよ」

「ちょ……警察は困るっス」

おれはあっさり腰砕けになった。それを見た肝居は、いきなり居丈高になった。

「ねえまゆちゃん、こんな底辺と付き合っててていいの？　……おいお前。お前のような負け組は、どうせ二次方程式すら解けないよな？　お前のようなカスが立派な社会人たるボクを脅そうなんて百年早いんだよ！」

なんで？　どうしてここで二次方程式が出てくる？

おれが戸惑っていると、肝居は早乙女さんの肩を強引に抱いた。

「行こうまゆちゃん。こんなクズはほっておいて」

「おいちょっと待てよ」

仕方なくおれが肝居の腕を掴むと、キモオタオヤジは猛然と反撃してきた。

「何をする！　二次方程式も解けない底辺が生意気なんだよ！」

そう叫んで掴み掛かってきた。おれはよっぽど弱そうに見えるのか……実際、弱いのだが。

おれと肝居が揉み合っていると、光沢のある、黒いショルダーバッグが地面に落ちた。国産だが「オタクのルイ・ヴィトン」と称される高価な鞄《かばん》らしい。

そのかぶせ型のフタが開き書類が散乱した。あっと叫び慌てて掻き集める肝居。

「S県立＊＊高校三学期試験問題？　肝居さんって高校のセンセだったんだ～」

拾い集めるのに協力したフリをした早乙女さんが、拾い上げたモノを声高に読み上げた。

「それと、＊＊高校数学成績一覧？　これって個人情報じゃないの？」

肝居の視線が一気に泳ぎ、弱気になったのを見た早乙女さんは、おれをそっちのけに「交渉」に入った。

「あたし肝居さんと昔、カラオケで一緒に撮った写真、まだ持ってますよ。あたし制服で、肝居さんの顔もしっかり写ってます。肝居さん、あたしの肩抱いて、ミニの太腿に手を置いたりして、結構盛り上がってましたよね？」

「なっ、何がいいたいんだ？」

「別に。でもＪＫと淫行？　みたいな写真、県立＊＊高校の生徒とか保護者とか校長が見たらどう思うかなあって」

きれいな顔で汚いことを言ってのける早乙女さんは、かなりのネゴシエイターだ。しばし睨み合った彼女と肝居だが、目力では完全に肝居の負けだった。

いきなりがばっと床に手を突いて、肝居は土下座した。

ファッションビルのエスカレーターのすぐそばだから、これは目立つ。ただでさえ、女子高生のコスプレとキモオタオヤジと安物のチンピラが揉めていたのだ。いや、これは新種のパフォーマンス、売れない芸人のいきなりコントと思われたかもしれない。

通りすがりの女子高生やＯＬが、異様な光景を遠巻きに眺めている。その視線が痛い。

「頼む！　それは、それだけはやめてくれ！　何でもするッ！　カネはいくらでも払う」

土下座して謝罪し、ひたすら保身を図る肝居を、早乙女さんは冷ややかに見下ろした。

「あたしの昔の写真、ネットに流すのやめてくれますよね？」

「判った。止める。と言っても、ボクはそんなことはしていないんだが……とにかく、これからも絶対にしない。約束する！」

この期に及んでまだ、「そんなことはしていない」とは何という嘘つきか。

おれはムカムカしたが、早乙女さんにそれ以上追及する気がなさそうなので、引き下がることにした。探偵は依頼人の意向に従うのが鉄則なのだ……。

＊

数日後の夕方。

相変わらず客の来ない事務所で、暇を持てあました黒田社長が大あくびした。

「退屈やの。飯倉、テレビでもつけんか。楽しいニュースの時間や。他人の不幸を見て大笑いしよやないか」

命じられるままリモコンのボタンを押した途端に、肝居のハゲデブな顔が画面に大写しになったので、おれは仰天した。

『今日、警視庁はS県立高校教諭・肝居賢太郎《けんたろう》容疑者・四十二歳を児童買春、ならびに都の青少年健全育成条例違反の疑いで逮捕しました。警視庁への取材によりますと、肝居容疑者が未成年者複数を相手にみだらな行為をしているとの匿名の通報があり、警視庁が内偵を続けていたところ、裏付けが取れたため逮捕に踏み切った、とのことです』

「うわ。オオゴトになりよったな」

気の毒な話や、と言いながらも黒田の口許《くちもと》は明らかに緩んでいる。

ジャストタイミングで電話が入った。

おれが取ると、依頼人の早乙女さんの弾んだ声が耳に飛び込んできた。

「テレビつけてください！　え、もう見てる？　これで大丈夫ですよね？　アイツ、当分出てこれないですよね？」

話を聞くと、あの「土下座」の時は許したが、よく考えたらやはりムカつきが抑えられなくなって警視庁に通報したらしい。

ニュースは『なお警視庁では肝居容疑者に余罪多数があると見て、継続して捜査を進める方針です』などと報じている。

グッジョブだ、とおれはスッキリした。肝居のような女子高生大好き男を高校の教壇に立たせるなんて、独居老人の名簿を詐欺集団に渡すようなものではないか。

しかし、彼女との電話を切ったあと、黒田社長は難しい顔で言った。

「あの手の外道を追い込む時は、匙加減《さじかげん》が肝心や。やり過ぎたらあかんのや。素人さんにはその辺の案配が判らんのやろけどな。それにしてもあの依頼人、少々ヤバいんとちゃうか。明らかにおかしいで」

「お言葉ですけど」

おれは思わず反論した。

「女の人が一生懸命仕事して、業績あげた途端に足引っ張るって卑怯《ひきょう》っしょ？　それも昔、あんなことやこんなことを一杯してくれたヒトなのに、それに感謝の気持ちもなくて」

「冷静になれや飯倉。あれは就職活動で内定取るために人事担当と寝る女やぞ。しかも高校ン時はブルセラもやっとったし」

それくらいイマドキの女の子なら普通っしょ、と言い返してはみたが、さすがに無理があった。

「飯倉くん、彼女が好きになっちゃったのね」

じゅん子さんが、ぼそっと言った。

「あの手の、ぱっと見お嬢さんで、いかにも清廉って感じの女性は絶対、男ウケするから。女子アナウンサーとかによくいるタイプね」

確かにそうかもしれない。事務所に遊びに来ているあや子さんも口を挟んだ。

「あの子、美人だけど胸はないよね。あたしみたいな巨乳だとチチのデカい女はバカだとか、ヤリマンとか思われて損しちゃうんだ。世の中ってホント不公平」

「お前はアホちゃうで、あや子」

ヤリマンではないとは言わない黒田は難しい顔で続けた。

「あの依頼人、ワシらに話してないことが仰山《ぎょうさん》ありそうな気がするわ。これで一件落着やったらエエけどな」

そんなことを話していたら、ノックも無しに勢いよくドアが開いて、早乙女さんが飛び込んできた。どうしたんだろう。ついさっき、よろこんで電話してきたばかりなのに。

「困るんです。まだ流出止まってなかったんです！」

おれたち四人が唖然《あぜん》としているのを前にして、彼女は、今度はプリントアウトではなく、タブレット型端末の画面を突き付けた。

「私のとても恥ずかしい姿が映った画像が、また送られてきて……絶対にプライベートな、女なら絶対に隠したいモノが映った画像が……」

画面を見てみると、ベッドの上できれいにメイクして髪もセットした早乙女さんが全裸でシナを作っているものや、両脚を広げた極めて挑発的なものや、彼女が男相手にいろんなことをして絡んでいる、ハッキリ言えばワイセツな画像が多数。非常にエロいが、美しい。きちんと照明されているようで、とても素人が撮ったものとは思えないクオリティだ。

「なああんた。ワシらにまだ言うてないことあるやろ?」

黒田は画面をしげしげと眺めながら、言った。

「怒らへんから、言うてみ?」

黒田の声には、何だか、出来の悪い娘を諭すような、哀しげな響きがあった。

「……実はちょっと言い忘れてたんですけど、あたし……」

さすがに、早乙女さんはきまり悪げに言葉を選んだ。

「あの……ちょっとAVに出たことがあって」

おれたちは、えええーっと驚いた。

「それは……学生時代のことか?」

社長は、稲川淳二《いながわじゅんじ》に質問するように、怖々と訊いた。

「いえ、入社してからも、忙しくなるまでは」

またしても驚きの声を上げるしかない。AVとなるとブルセラどころの話ではない。

「あの……そんな、騒ぐことですか？」

早乙女さんは無邪気というか天然というか、いかにも愛らしく首を傾げて見せた。

「そんなに驚かれることでしょうか？　たまたま機会があったので……軽い気持ちで。ちょっと可愛い女の子なら、よくスカウトされるでしょ？　ほら私、美人じゃないですか」

「金に困ってたんか？」

「いえ、別に。でもほら、私、自分が好きじゃないですか？」

「知らんがな、そんなこと」

「私、自分が好きなんです。だから、自撮りって結構するし、セックスの時って我ながら凄くセクシーに写るんで……スタイルがよくて裸がセクシーなのって、若いときだけでしょ？」

早乙女嶺花は当然のような顔で続けた。

「だから自分が一番セクシーな姿を残しておきたいって気持ちがあったし……セックスでイクところをきれいに撮って欲しかったし」

「何本ぐらい出たんや？」

「だからそんな長い期間じゃないです。全部で三十本くらい……かな？」

あまりのことにもはや言葉もない。

「そんなもんに出て、いずれバレるとは思わんかったんか？」

「大丈夫ですよ。あたしAV専門誌のインタビューしか受けなかったし、普通の媒体には顔出ししてないので」

「しかし、現にこうして写真がメールで送られてきて、脅されとるんやろ？」

流出しているのは、市販のAVならモザイク処理されるべき箇所まで無修正でハッキリ写った、非常にヤバい写真だ。

「しかし、おかしいやろ」

社長はここで疑問を持った。

「ワシは商売柄、この方面に友人知人が多いんや。それでやな、このAVちゅーもんは、警察も目を光らせとるんで、撮影したままのマザーちゅうんか、無修正の撮ったままのテープなりデータは非常に厳重に管理されとる。これだけAVが世の中に出回って、人気AV嬢も大勢おるのに、無修正のヤツが流出せんのはどうしてか判るか？　普通、小遣い稼ぎでマザーから無断コピーした海賊版が出回りそうなモノやないか？」

「それは……たしかにそうですね」

そやろ？　と社長は得意げに教えてくれた。

「撮ってきたまんまのモノにはすぐにモザイクを掛けてしまう。編集作業はそれからや。で、撮ってきたマンマのモノは厳重に保管される。消してしまう会社もあるやに聞いとる。何故か。警察が怖いこともあるが、主としてAV嬢の保護や。全部すっぽんぽんでオメコの穴まで見せてしもうたら、裏ビデオと同じになってまうやろ。そうなるとAV嬢を『モデル』と呼んで大事にしとる意味も、人気女優をスターー扱いする意味ものうなってまう。この世界は約束と信用が絶対に第一やから、それに反するとマジでヤバい事になると誰もが判っとるし。東京湾に浮かんだりな」

社長は意味ありげに言葉を切った。皆まで言わせるな、という顔だ。

「ま、ごくたまに、制作会社が倒産して、無修正のヤツが流出することはあるけどな。まあ、それだけ厳重に管理されとるわけや」

社長は、早乙女さんに向き直った。この男に正面から見据えられると、相当に怖い。

「な、正直なところ、言うてんか。あんた、まだ隠し事があるやろ?」

促されてもしばらく黙っていた早乙女さんだったが、さすがに社長の目力には勝てなかった。

「実は……私、自分が好きじゃないですか」

「それはさっき聞いた」

「私、自分が好きなんです。だから……自分の写っている写真でも動画でもなんでも、全部、取っておくんです。撮って貰ったものは相手から貰って……」

「じゃあ向坂や肝居が撮った写真も貰ってたんですね」

おれの質問に彼女はええと簡単に答えた。

「AVに関しては? 今社長が言ったように、AVの原版管理は厳しいと」

「自分用に撮って貰ったんです。デジカメ渡して」

彼女はこの件も軽く流した。

「で、自分のパソコンに保存しておくと、うっかり誰かに見られてしまいそうなので、ネット上のクラウドサービスに移して保存して」

「ええと、誰か、通訳してんか」

社長のヘルプに、じゅん子さんが答えた。

「インターネットには、データを保管しておく倉庫みたいなサービスがあるんです。それを空にある雲に例えて『クラウド』と呼んでいます。で、早乙女さんは、そのクラウドサービスのアーカイブにご自身の艶姿を保存していたんですね」

「なんやねん、そのアーカイブちゅうのんは」

社長はブツブツ呟いた。

「ネットなんかに自分のハメ撮りやらモロ出しやら、ヤバい写真を置くのは物騒やろ？」

「セキュリティは万全だというので、安心してたんです」

早乙女さんが不愉快そうに言った。

「たしかに、クラウドを使っていても全然何も問題はなくて……でもその後、私が社の広報に抜擢《ばってき》されたので、顔を売るためにブログを開設したんです。会社や私に親しみを感じて貰おうと思って、日記みたいな身辺雑記を書いたりして。メールを貰えるようにメールアドレスも公開しました。心当たりといえば……それかなあ？」

「メールパスワードの設定は？」

じゅん子さんが畳み掛ける。

「普通に生年月日ですけど?」

あちゃーという表情のじゅん子さん。

「そのアドレス、ハックされてるから。つまりクラウドの画像が、アクセスし放題……」

「ちょっと待たんかい!」

黒田が怒鳴った。

「たしか、最初の向坂も、次の肝居も二人とも、メールでアンタを脅迫した覚えもなければネットに流したこともないと、全面否認しとったな? ということはや、別の誰かが、そのクラウドいうもんに侵入して勝手にアンタのエロ画像を盗み出しとるんやないのか? アンタは、無実の男二人の人生を破壊したんと違うんか?」

「まあ、無実とは言えないかもしれないけど」

あや子さんが無責任に言った。

「そうですね。……私のブログを見て、私の清純さとか美しさに一目惚れした誰かにロックオンされて、クラウド上のアーカイブに入られてしまったのかも……」

「ネット上の足取りを摑めばいいのね?」

じゅん子さんが即座に反応した。

「知り合いのハッカーに相談します」

一時間後。

早くもじゅん子さんは、早乙女嶺花のクラウドに侵入して、保存してある画像をごっそりコピーした人物を特定してしまった。

「最初からこれをやってれば、無駄な殺生をせんで済んだのに」

黒田は愚痴ったが、それには半分同感だ。しかし向坂と肝居がひどい目に遭っても、おれの心はあまり痛まない。ヤツらイイ思いをしたんだし、と考えてしまうのはやはり嫉妬か。

「知り合いの弁護士の名前を使って、プロバイダーにアクセス・ログの提出をさせました。それによると……」

パソコンのディスプレイを凝視しているじゅん子さんは凛々《りり》しい。優秀なサイバー戦士そのものだ。

「埼玉県＊＊市に住む、剛田慎太郎《ごうだしんたろう》という男のようです。住所などは全部判っています」

よし、出撃や！　と黒田が叫び、我々全員は犯人・剛田慎太郎の家に急いだ。車代は経費だから、黒田は遠慮なくタクシーをとめた。

東京近郊のベッドタウン。その一角にある地味な一戸建て住宅。そこが犯人の自宅だった。

「邪魔するで」

玄関には鍵がかかっていない。難なく乗り込むと、家の奥の四畳半に若い男が居た。

部屋の中はゴミだらけで、パソコンが数台動いている。しかしそれでデイトレーディングをしている様子はない。ディスプレイで動いているのは全部ゲームだ。

剛田慎太郎という名前とは裏腹に、瘦せこけた若い男は、日に当たらない暮らしをしているのか、顔色が悪い。

「なんやお前、ヒッキーか」

「アンタには関係ない」

剛田慎太郎は、そう言いつつも、頭はいい様子ですべてを悟っていた。

「そこに居るのは本物のビッチ、早乙女嶺花だろ？　アンタらがここに来たってことは、全部バレたってことだよな」

剛田慎太郎は無職の引き籠もりだが、生活には困っていない。母ひとり子ひとりで裕福な生活をしている。

「母親が泣いてるぞ、あんた」

「そんな、籠城してる犯人を説得するような事言うなよ」

慎太郎は嫌な顔をした。

「とにかくボクは、ヤリマンでビッチのくせに清純なフリをしているこの女がどうしても許せなかったんだよ」

彼はあっさりと動機を語った。

「ヤリマンならヤリマンらしくエロい生活してればいいんだ。なのに表の世界で清純そうに見せて、誰かの嫁になったり母親になったりするのが許せない。そんなことだから日本が駄目になる。ボクの母親は女手ひとつでボクを育ててくれた。そういう立派な人間だけがまともな女性と認められるべきで、それ以外のヤリマンビッチどもからは市民権を剥奪して収容所に入れてカラダを売らせるべきだ。絶対そうだ！」

なにかの思想の狂信者なのか、筋が通っているような通っていないようなことを捲《まく》し立てたが、黒田が手の指をポキポキ鳴らすと黙ってしまった。

「お前なあ、女をそうやって二種類に分けるのはおかしいで。世の中なんでも白黒ハッキリさせたらエエ、いうもんとちゃう」

「いや、ボクの言うことは間違っていない。何もかも政府が売春を廃止したからいけないんだ。昔ならまともな女とそうでない女は、ハッキリ見分けがついた」

「えらい古いことを持ち出したな……売春防止法て、一九五八年施行の法律やで」

商売柄、この法律について黒田は詳しい。

「まともな女て。それは差別とちゃうんか？」

「差別も時には必要だ！」

「なにヌカス。このションベンタレが。偉そうな事は自分で稼ぐようになってから言え。親にタカって生きとるくせにナニを偉そうに」

なぜかマジになっている黒田と剛田慎太郎こと真犯人が言い争っていると、この家の女主人、つまり剛田慎太郎の母親が部屋に入ってきた。

「あら珍しい……慎太郎にお客さん？」

この家の息子と言い争っている黒田の代わりに、おれが母親に来意を告げ、どうしてこうなったのか経緯を説明した。

「ウチの子がご迷惑をおかけして、本当に申し訳ありません。そこの方が社長さん？　……あっ！」

母親と黒田は、顔を見合わせた瞬間に、互いに相手を指差して叫び声を上げた。

「クロちゃん！」

「貞子《さだこ》やないかい！」

涙の再会、というように、二人はひしと抱き合った。

「どないや、元気にしとったんか？」

「私はこうして元気ですよ。年は取ったけど」

「いやいや、貞子は今でもベッピンさんや！」

言われてみれば、慎太郎の母親はもういい年のはずなのに、なかなか色気のある美熟女というか、いわば美初老女だ。

「この貞子はんは、わしが昔、シノギで手がけとった裏ビデオの女優さんや！」

彼女は授賞式で名前を呼ばれて拍手でも受けるように、みんなにお辞儀をした。

何故かおれたちも彼女に拍手してしまった。

「今のわしがあるのんも、みんなこの貞子が稼いでくれたおかげや！」

「社長も、たくさんギャラをくれたんで、こうしてラクして暮らせてます」

「で、コイツは誰の子や？　まさか……」

「いいえ、クロちゃんの子ではないです」

と、なんだか和気藹々《わきあいあい》とした旧交を温める雰囲気の中で、ガックリと放心状態になってしまったのは慎太郎だった。

「これ、慎太郎！」

母親は息子の心得違いを諄々《じゅんじゅん》と諭し始めた。

「まともではない女は収容所とお前は言ったらしいけど、そうしたら母さんも収容所行きだね。その『まともではない女』の稼ぎでここまで育って、のうのうと暮らしているのがお前なんだよ。ヒトは生きるためには働かなければいけない。ハダカになってセックスを見せても誰も傷つかないし、誰にも迷惑は掛からない。それをどうして責められなきゃいけないんだい？」

その言葉に早乙女嶺花が参戦しそうになったのを、慌てておれは止めた。

「すいません。あなたとはまた立場が違うんで、あなたがお母さんの側に乗っかると、話がまたややこしくなるっスから」

「そうや。せっかく話が丸く収まりそうなのに」

急転直下、事件は解決した。

剛田慎太郎は、アーカイブから取得した画像をすべて消し、今後一切、早乙女嶺花に対し、プライバシーを侵害する行為は致しませんという一筆を書いた。

一件落着。

しかし……本件には後日譚《ごじつたん》がある。

依頼人・早乙女嶺花はその後、会社にAV出演の過去がバレて、解雇されてしまった。

だが、彼女はそれを不当解雇であるとして、解雇の取り消しを求める訴訟を起こしたのだ。

「清廉性が求められる企業の広報にAV女優だった過去がふさわしくない、という会社側の見解はあきらかに職業差別です」

記者会見の席で、原告側の、いかにもやり手という感じの弁護士が声明を読み上げた。

「企業の広報担当も、いわゆるAVへの出演も、どちらも広義のエンタテインメントとして特徴づけられるところから、これは差別です」

原告の早乙女嶺花も続けた。

「そうです。それに私はAVで実際の行為に及んだことはありません。あれは疑似本番なんです。そのうえ私は企画女優なんかじゃなくてレッキとした単体女優だったんですよ！」

この記者会見をテレビで観《み》ていた黒田も、これには呆《あき》れたようだ。

「見てみい、このネエちゃん。差別はアカン、いいながら企画女優を思いっきり差別しとるがな」

その後この訴訟は泥沼の展開となって、マスコミの大きなネタになるのだが、それはまた別の話だ。

向坂に置き去りにされて以来、事務所でずっと飼っているチャムがおれの膝で、にゃーと鳴いた。

こいつが野良にならずに済んだことが、まあ、唯一の救いと言えるのかもしれない。

第四話　皆殺しのバラード

夜遅く。

おれが頼まれた「お使い」を終えて事務所に戻ると、奥の方から朗らかな笑い声が響いてきた。この流行らない探偵事務所の社長・黒田が客と談笑しているのだ。ゲタゲタと下品な笑い声を聞いていると腹が立ってきた。一従業員、と言うより下僕扱いのおれが、半年溜まった事務所の家賃の値下げ交渉という重責を押しつけられて、艱難辛苦《かんなんしんく》の末に成果をもぎ取り、ヘロヘロになって帰ってきたというのに……社長はゲラゲラと大笑いしている。あの調子だと、また酒を飲んでたな？

おれと目が合った上原じゅん子さんは慌てて笑顔を作ってみせた。黒縁メガネがよく似合うクール・ビューティの彼女がこの事務所を仕切っている。金勘定は本来彼女の担当なのだが、資金繰りに忙しくて、今月は家賃交渉まで手が回らなかったのだ。

「誰が来てるんスか？」

そう聞いた時に、奥の部屋のドアが開いて、客が出てきた。トレンチコートを着た……おれがここに無理やり雇われたのと入れ違いに啖呵《たんか》を切って辞めた「ブラックフィールド探偵社のエースだった」そのヒトだ。

「ほんならまた顔出せや」

武闘派ヤクザのゴツイ体を金ピカアクセサリーで飾った趣味の悪い中年・黒田が葉巻を咥え、ニコニコしながら手を差し出す。

「ええ。そうさせて貰いましょう」

黒田と握手を交わしたトレンチコートの男は、以前と同じく格好よく、颯爽《さっそう》と出ていった。それどころか、ドアを閉める際にこちらを振り返り、中折れ帽の縁に指二本を当てて敬礼のような仕草までして見せた。

「キザもキザ。ひどさもひどしや」

男を見送った黒田社長は吐き棄てた。

「あいつは何も変わっとらん。ハードボイルドたらいう西洋かぶれの、スカした思想にかぶれたマンマや！『バーボンしか口にしない』て何やねんそれは？バーボン言うたかて、日本で言うたら麦焼酎やろが！」

そんな不快な相手と、黒田はなぜ談笑していたのだろう？

「最近、ウチの景気がええらしいと聞きつけて、野良犬見たように尻尾を振ってきよったんや。あのガキ、ウチを辞めて独立したのはエエが、仕事が無うてパチンコ三昧らしいデ」

　黒田はおれの顔をしげしげと見た。

「飯倉。ウチにはお前という優秀な男がおるさかい、調査員は要らんと言うたったわ」

　それにしては和気藹々《わきあいあい》と座が盛りあがっていたではないか？　だがそれならおれには好都合だ。ここを辞められるではないか。だいたいおれは、好きでここに居るんじゃないんだから。

「いいですよ、おれは今日辞めたって」

「ま～そう言うな。妬《や》いとるんか？」

　黒田社長はおれの機嫌を取ろうとしているのか、奥の部屋から麦焼酎のボトルを持ってきて、「飲むか？」と突き出した。

　せっかくだからじゃあ、と手を出すと「アホか。今は勤務時間や！」と引っ込めた。

「社長。そんな大人げないマネしないで、差し出したんだからちょっと飲ませてあげればいいのに。飯倉くんは家賃値切り交渉を成功させたのよ！」

「ホンマか！　それ先に言わんかい！」

ようやった、と縁の欠けた湯飲み茶碗《ぢゃわん》に麦焼酎を注《つ》ごうとした時、ドアが激しくノックされ、若い女の子が入ってきた。ハァハァと大きく息を弾ませている。ずっと走ってきた様子で髪を振り乱し汗もかいている。

「ここ、探偵事務所なんですよね？　ヤミ金じゃないですよね？」

彼女は事務所の中を見回して、そう訊いた。

「レッキとした探偵事務所です。さあどうぞ」

じゅん子さんがキッパリと断言して、よく見ればかわいいその子をソファに案内しつつ、後ろ手でお酒をカタしなさいと指示を出した。黒田はもちろん黙って従った。

「あたしの家族が、みんないなくなってしまって」

じゅん子さんに手渡されたグラスの水を少女は一気に飲み干した。蒼白《あおざ》めた顔色と思い詰めた表情が彼女の美しさをいっそう際立たせている。

「家も……セコい住宅地のショボい家だけど、戻ってみたら取り壊されて更地になってて」

「一家失踪事件、ちゅうことかな？」

黒田はアゴに手を当てて考えるフリをした。これはいつものように、ナニも考えていないサインだ。しかしおれは驚いた。おれとまったく同じパターンじゃないか！　おれの家族も突然行方不明になって、行き場のなくなったおれがこの事務所に泣きついた結果、なし崩しに探偵の真似事をするようになったのだ。しかし黒田は、おれの家族の行方《ゆくえ》については調べる調べると言いつつ何も進んでいない。

「お姉ちゃんのことが心配なんです。ババアもオヤジもどうでもいいんですけど、お姉ちゃんだけは心配で」

依頼人の名前は、女子高生の内村《うちむら》佳南《かな》。ボーイッシュなショートカットで細い脚に黒いジーンズがよく似合う。足元はヘビーデューティな編み上げのブーツ。モスグリーンのフード付きコートの下には、夏でもないのに黒いタンクトップを着ている。ノーブラのようだが貧乳と言ってよいバストなので、まったく色気は感じられない。だが、大きな目と尖《とが》った顎が猫を思わせる顔立ちがキュートで、なかなかの美形だ。しゃべる声も低くて落ち着いている。

彼女はじゅん子さんが出した麦茶を一気飲みしてひと心地ついた。

「ババアはヒステリーで、ちょっとでも言うことをきかないと、あたしをぶったり叩いたりしたし、オヤジはギャンブルと女が好きで家にカネ入れないし。ほんとロクでもない家族だけど、お姉ちゃんとは仲良かったんだ。お姉ちゃんだけでも探してもらえないかな?」

依頼人の佳南は自分でも、ある程度のことは調べていた。

「警察に行って相談したんだけど、成人が自分の意志で失踪したと思われる場合は捜査しないと言われたし……その時、あたしは家出中で……今も家出してるんだけど、家出中の未成年ってことでそのオマワリにあれこれ言われてアッタマ来ちゃって」

もういいです、と捨て台詞《ぜりふ》を残して帰ってきてしまったらしい。

突然、実家がなくなってしまったので、仕方なく友人のアパートに身を寄せたまま年齢を偽って神田《かんだ》のガールズ居酒屋でバイトをしていたが、たまたま遊びに行った上野《うえの》で、姉に良く似た若い女性を目撃したと。

「けどその場で声をかけられない雰囲気で」

「それって、どういう雰囲気っすか?」

おれは自分のことのように真剣になって彼女に尋ねた。

「お姉ちゃんは勉強も出来て優等生タイプだったんだけど、そんな、あたしの知ってるお姉ちゃんだったら絶対しない格好……その、すごく露出の多い……ハッキリ言ってハダカみたいな、ブラに超ミニだけっていう、レースクィーンみたいな格好だったのと、あと物凄く怖い顔をしてたんで」

それを聞いて、おれでもある程度の想像はついた。佳南も同じ想像をしたのだろう。

「お姉ちゃんに間違いないその女のヒトの後をこっそりと尾《つ》けてみたら、湯島《ゆしま》にある古いマンションに入って行ったんです。お姉ちゃんがエレベーターを降りた階には街金の事務所とか、エステの看板のあるお店がずらっと入っていて」

諦めきれない佳南は、その階の一部屋一部屋のチャイムを押して、「私の姉を知りませんか?」と訊ねて回ったと言った。

「そらまたえらい無謀なことを」

黒田社長は呆れた。

「ウツボの巣に手ェ突っ込むようなモンやで」

おれも同感だ。

案の定、佳南が自ら接触してしまった魔の手は、彼女にも伸びてきた。

「そしたら今日になって、姉に会わせてやるって若い男が神田の店に来てあたしを指名したんです。けど金髪で鼻にはピアスで手の甲に派手なタトゥーの、ヤバさ全開の男だったんで、あたしは他の子に押しつけて裏で調理とかして、その金髪ピアスタトゥー男が帰るのを待ちました。そうしたら……」

稲川淳二が山場の直前にさしかかるとやるように、彼女は声を潜めた。

「ついさっき、店が終わって帰ろうとしたら、店の近くに黒いワゴン車が停《と》まっていて、横を通ると突然ドアが開いて……引き摺り込まれそうになりました」

おれと社長、そしてじゅん子さんも、佳南の話に引き込まれていた。

「けどあたし、これでも合気道習ってて」

彼女は少し誇らしげに言った。

「その基本どおりに、とっさに腰を落として相手の腕を摑むとエイヤッて思いっきり地面に引き倒して、倒れたソイツの股間を思い切り蹴って逃げました」

とにかく方向も判らないまま必死で逃げるうちに、秋葉原の裏通りにあるここの看板を見かけたのでそのまま駆け込んだと言う佳南に、黒田が改めて確認した。

「あんたのお父さんはギャンブル好きで、女癖も悪かった言うたな？　あんたが家出しとる間に借金で夜逃げしたんと違うか？　それやったら一家丸ごと囲い込んで生活保護申請させて、それを巻き上げる貧困ビジネスかもしれん。そういう連中やったらワシが知ってるはずやが……心当たりはないな」

じゅん子さんも考え込んでいる。

「前途を悲観したお母さんが宗教に縋って、妙なカルト教団に引っかかった可能性は？」

おれは言った。

「この件、受けましょう！　おれ、頑張って調べるっスよ！」

「えらい乗り気やな」

黒田はおれの勢いに当惑している。

「このヒョロッとして頭悪そうな飯倉クンは、見てくれで損してるんですわ。外見よりはヤレル男ですねん」

褒めているのか腐しているのか判らない言い方をした黒田は、ズバリ大事な事を切り出した。

「お嬢ちゃん。あんたが気の毒なことはよう判った。せやけどウチは警察やない。しがない日銭で糊口《ここう》をしのぐ探偵社や。ワシにもこいつにもこのネエサンにも十を頭《かしら》に飢えた子が仰山おりましてな、食わしていかななりまへんねん。せやから、タダでは」

「判ってます。お金は払います。でも、一度には無理です。分割でなら」

「分割でいいッスよ！　ねえ社長」

おれとしては例外的に、社長に仕事を受けるようかなり強気で迫ると、ナニを血迷ったか、黒田は涙ぐんでおれを見た。

「わしは……お前が積極的になってやる気を見せてくれたことが、嬉《うれ》しい。非常に感動している」

黒田は芝居がかった反応を見せた。

「お前の親代わりとして、出来の悪い息子の成長を見ることができて、これほど嬉しい事はおまへん」

黒田はすぐにバレる白々しい嘘をつき続けた。

「この不肖の息子がそこまで言うなら、この仕事、受けまひょ。とはいえ、こんな年端もいかん女の子から手付けを取るわけにもいかんよってなあ……」

黒田は好色な目で佳南を見た。その目付きは値踏みするように露骨なエロ目線だ。

「そうですね。当社の規定では、手付けを戴《いただ》くことになっていますが、今回は特別に」

じゅん子さんが事務的に処理しようとしたところに、黒田が被《かぶ》せた。

「今回は特別に、コイツが立て替えるということにしまひょ。エエな、それで！」

黒田が有無をいわせない調子でおれを睨み付けたので、もはやダメとは言えなかった。

「ほたらキマリや。バックにはややこしい連中が蠢いとる感じがするよって、慎重に始めることにせえ。まずは、お嬢さんが乗り込んだビルの張り込みや」

あたりを見回してみたが、張り込みをするのはおれ以外にはいないようだ。

＊

朝の七時。

おれは、湯島の裏通りにあるマンションを張り込んでいた。張り込みというと、車に乗って餡《あん》パンを囓《かじ》っているイメージがあるが、おれに車はない。電柱の陰に隠れて、ずーっと立ちっぱなしだ。

金髪タトゥーのヤバい男は、どの部屋にいたのか定かではないので、外で見張るしかない。だがその金髪タトゥーはこのマンションを出入りしているに違いないのだ。

交代要員がいないからトイレにも行けない。だから水分は取らない。正月の福袋欲しさにアップルストアの前で徹夜で行列している連中の大変さがよく判る。腹も減るので、ポケットから柿ピーを出してポリポリと食べた。足元から冷えてくるし、ずっと立っていると足が棒になってくる。

張り込みを始めて三時間後、金髪の男がやってきた。よく見ると、鼻にピアスがあって歩きタバコをしている手に、タトゥーがある。

この男に違いない。金髪タトゥーのチャラい男が夜遊びから帰ってきたのだ。

足踏みをしながら侘《わび》しさに耐えた甲斐があった！　さっそくおれは後を尾けた。

古いマンションなので玄関ドアにロックはない。この男と一緒にエレベーターに乗るか？　それとも、降りた階を確かめて階段をダッシュするか？

後者が理想だろうが、このマンションは七階建てだ。一階からダッシュしていたら間に合わない。

おれは、何食わぬ顔でターゲットと一緒にエレベーターに乗り込んだ。相手はおれの顔を知らないのだから、ビビることもない。

男が七階を押したので、おれは軽く会釈をした。こういうマンションは同じ階に誰が住んでいるか判らないから、この男にもおれを怪しむ理由がない。

エレベーターが七階に着いて、おれは男と反対側の方に歩き、ポケットからキーを取り出す芝居をしつつ、背後に神経を集中させた。

鍵を開けてドアが開く音がした。

おれは素速く壁に沿って男の方に近づいた。

ドアがバタンと閉まった。あのドアだ。

足音を立てないように走って行くと、その部屋は「712号室」。運のいいことに、非常階段が近くにある。

おれは非常階段に張り込みの場所を移して、この部屋に的を絞った。

申し訳ないが屋上の排水溝に小便をして監視を続けていると、その部屋を出入りしている者たちの全容が摑めてきた。

派手な露出の多い服を着た若い女と、さっきの金髪ピアスタトゥー男。人相の悪い男たちがさらに三人、そして怖ろしく太って目付きが凶悪な不細工ババア。

この巨デブのババアは男たちを引き連れて二度ほど外出、いずれも一時間ほどで戻ってきた。その間、金髪ピアスタトゥーと若い女も何度か出入りしている。

たぶん……佳南の意見と総合すると、巨デブのババアがこのグループのヌシで、若い女は佳南の姉。彼女はデリヘルか何かの風俗嬢をやらされていて、金髪ピアスのタトゥー男はその監視役ではないか？　女のあの格好から考えると、その線が濃厚だ。客の前でだけああいう派手な格好になれば良いのでは、とも思うが、おそらく宣伝を兼ねて露出の多い衣裳《いしょう》のまま街を歩かされているのだろう。

それだけあの巨デブババアは、彼女を完全に支配下に置いているということか？

おれは、ボスらしい巨デブババアを尾行することにした。

夕方、ババアが今度は一人で出てきたので、おれは非常階段を駆け下りた。

ババアは、近くのファミレスに入った。安いが不味《まず》いと評判のチェーンだ。

おれも入って、ババアを監視できる席に座り、担々麺《タンタンメン》を頼んだ。安くて温かいものが欲しかったのだ。

ババアが、呼びつけたウェイトレスを怒鳴りつけた。注文したものが出て来るのが遅いとご立腹の様子だ。

そのウェイトレスはすぐにステーキのセットを運んできたが、その時の言い方が気にくわなかったのか、「こんなもの食えるか！」と激昂《げっこう》してトレイごとひっくり返した。熱いステーキ・プレートはウェイトレスの腕に当たってジュウと音を立て、熱いソースも彼女の顔にかかった。

「店長呼んでこい！　お前と並んでここに土下座して謝れ！」

泣きそうになったウェイトレスは慌てて奥に引っ込んで、店長らしいネクタイ姿の男を連れてくると、二人並んで土下座をした。

なんだこれは。

おれは見ていて吐き気がした。クソババアにも腹が立ったが、こういう最低の客は追い出して当然じゃないのか？　と店の対応にもムカムカした。こんな弱腰だから、バカが勘違いして増長するんじゃないのか？

食事中の客は顔を強ばらせて眺めているし、ホールのほかのスタッフも困った顔をしているだけだ。

おれは担々麺を食い終わり、クソババアが店長からなにやら封筒を受け取って、作り直させたステーキを食っているのを見ながら携帯電話を取り出した。黒田にかいつまんで今日の報告をする。

「ま、そういう時は、知らん顔をするのが一番や」

黒田はもっともらしく答えた。

「そういうクソ婆は頭のネジが緩んどるから正論言うても無駄や。下手《へた》したらお前も二、三発どつかれるのがオチや」

あのマンションのあの部屋はクソババアたちの住居だけではなくデリヘルの事務所も兼ねている。ただしデリヘル嬢は佳南の姉だけ。

クソババアが食事を済ませて部屋に戻った後、おれは若い女の尾行に切り替えたのだが、彼女は一時間ごとにラブホテルやマンションを渡り歩いている（ように見えた）。

「要するに、休憩もさせんとコキ使うばかりっちゅうこっちゃな。普通の女の子ならすぐ辞めるデ」

彼女がラブホから出て来るのを待つ間、おれは再度、黒田に電話した。

「近所やし、ワシもこれから行くわ」

ほどなく現れた黒田は、「運転手は金髪の兄ちゃんなんやろ？　どこにおる？」とおれに訊いた。金髪ピアスタトゥー男は、軽自動車に乗って近くで待機している。

そうかと言った黒田は、おれが指差した車に飄々《ひょうひょう》と近づき、気安く声をかけた。

声がデカいので、離れたところにいるおれにもよく聞こえる。

「この車から降りていったネエちゃん、エエ女やの。あんなおネエちゃんと一ぺんでエエからエッチしたいモンやで」

「そういうことならここに電話してください」

金髪ピアスタトゥー男は黒田にカードを渡した。

車を離れた黒田は、おれに「来い」と腕で合図した。撤収のサインだ。


事務所に戻ったおれたちは、情勢の検討に移った。

黒田が貰ったカードには『ラブ・ラグジュアリー夢』というモロにデリヘルな店名と電話番号が印刷されていた。

じゅん子さんがネットでその店名を検索していると、佳南が顔を見せた。店を休んで一日中、友人の部屋に隠れていたらしい。

「ねえ、この画像の女の人だけど、佳南さんのお姉さんで間違いない？」

じゅん子さんはくだんのデリヘルの広告サイトを見つけて、「当店イチオシガール・マリア」の画像を表示させた。

それに写っているのは、おれが尾行した若い女だった。佳南に良く似ているが、ケバい化粧の分、印象はずっと派手だ。

「間違いないと思います。上野で偶然見かけた時も、こんな感じでした」

佳南は、このマリアという女性が姉の香穂《かほ》に間違いないだろうと認めた。

「そしたらや。飯倉。お前、このマリアさんを指名して客になれや」

悪い予感がした。

「客になる、ってことはカネがいると思うんすけど……それはどこから？」

「決まっとるやないかい。お前の給料からや」

そんな殺生な、とおれは悲鳴を上げた。

「タダでさえあれこれ天引きされて手取りは一万とか二万とかの、子供の小遣い程度じゃないっすか！　フーゾク嬢を買うカネなんか、ないですよっ！」

「なーに言うとる！　エエ思いをして金払うんは当然やろが！」

「飯倉くんのお給料は手取り三万円だから、デリヘル二回利用したら足が出ますよ」

じゅん子さんが加勢してくれた。

「せめて半分は経費で落とさないと」

「半分？　どうして全額じゃないんですか？」

「仕事で利用しても、飯倉くんは楽しむよね？　これって確定申告でいう家事按分《あんぶん》に当たるから、経費と認められるのは半分」

「だったら、楽しまなければ全額になりますか？　たとえばおれがホモで、女性とあれこれするのは苦痛だとしたら」

依頼人の佳南は、悲しそうな目でおれたちのやりとりを聞いている。彼女の血を分けた姉を買うカネの相談をしているわけで、それはいくらなんでもマズいだろう。しかし、こういう事はハッキリさせておかないと。

「その『家事按分』がなければ全額が仕事になるわけですよね？」

「アタマ悪いクセに、おのれはナニ細かいことをゴチャゴチャ抜かしとるんじゃ！」

黒田社長がキレた。

「デリヘル嬢呼んで、彼女とはお話していただけです、言うても税務署は通らんわい！」

「じゃあとりあえず、当座の資金は渡して、後で按分して精算することにしましょう」

じゅん子さんが話をまとめてくれた（と言っても先送りなのだが）が、おれの心は晴れない。デリヘルなんて利用したこともないし、そもそも依頼人である美少女の実の姉、というのが……。こういうのにぐっとくる趣味のヒトもいるんだろうけど、おれは駄目だ。

「で、飯倉クンはデリヘルのシステム、知っとるか？」

黒田はトクトクと説明をしてくれた。デリヘルは、女の子を自宅、もしくはホテルに呼んで性的サービスを受けるのだという。

「えっ？　この事務所に呼ぶんすか」

おれは現在、この事務所に住み込んでいるので（黒田社長によれば「まかない」、つまり一日一個のカップラーメン付き）、「自宅」といえばここしかない。

「アホ抜かせ！　この神聖な探偵事務所でチョメチョメする気か！　このドアホ！」

「じゃあホテル代も加算してくれないと」

というようなギリギリの、というかゲスな金銭交渉をしていると、黒田が突然、思い出したように言った。

「そうや！　あの部屋があったやないかい！　タダで使えるお誂《あつら》え向きの部屋や」

家賃のいらない部屋があるのなら、そこに住まわせてくれればいいのに。

「じゃあそこに住まわせてくださいよ。もう、事務所の床に段ボール敷いて寝袋で寝るのも疲れたんで……プライバシーとか無いし」

「ひとり暮らしがしたいんか。贅沢《ぜいたく》なヤツやの。けど、あの部屋にお前を住まわせることは思いつかんかったわ。そらええ考えや。お前が住める言うんならな」

黒田はなぜかニヤニヤしている。その表情を見ただけで、くだんの部屋には何か問題があることがおれには判った。

＊

黒田に言われるままに、事務所のロッカーの上に置いてあった布張りの重い箱を持って、その部屋がある場所に連れられて行った。

秋葉原から裏通りを浅草橋《あさくさばし》方向にしばらく歩くと、その雑居ビルはあった。

ゆうに築四十年は経過している、建物全体がなんとも言えずイヤな暗い雰囲気で、人の気配がない。

「もしかしてここ、取り壊し寸前っすか？」

そういうわけではない、と黒田は答えた。

「ここの一室を競売で落としたんやが、借り手がつかんのや」

今をときめくアキバの近く。盛り場に近い商業地区で、エレベーターも古いが、ちゃんと動くのに。

「もしかして……水道が出ないとか電気が点《つ》かないとか？」

「ライフラインは生きとる。風呂場もあるしお湯も出るで」

デリヘルの子呼んだら一緒に入るとエエ、リラックスして口もほぐれると社長は言いながら部屋のカギを開けた。

部屋の中に一歩足を踏み入れた途端に、さらに淀んでイヤな、じっとりした空気がおれを包んだ。気温がすっと下がったように感じられ、なんだか眩暈《めまい》がするし、埃《ほこり》の匂いだけではない微《かす》かに刺すような刺激臭も感じられる。

「なんすかね、頭クラクラするんすけど。ガス漏れとか、有機溶剤によるシックハウス症候群とか」

ヒマな事務所で奥様向けのテレビ番組を見ることが増えたので、そういう知識は豊富だ。

「この部屋に入ると誰でもそう言うわ。けど気のせいや」

確実に訳ありの部屋のようで、過去にここで何があったのか、おれは怖くて訊けなかった。

この扉はクローゼット、トイレはここ、ユニットバスは別や、ええ部屋やろ？ と黒田はパチパチと照明のスイッチを入れ、扉も次々にあけて、不動産屋のように部屋の概略をおれに説明した。

1DKの部屋のどの部分も一応リフォーム済みのようで小ぎれいだ。照明も明るい。なのに、このどうしようもない暗い陰湿な感じは何なのだろう？

そしてこの「イヤな感じ」は、黒田が浴室の、アルミサッシとすりガラスの折りたたみドアを開け、中の白い浴槽とシャワーカーテン、クリーム色の壁をおれに見せた時に頂点に達した。軽い吐き気すら感じる。

きっと気のせいだ、とおれは自分に言い聞かせ、黒田に言われるまま運んできた布張りの箱を床に置いた。クローゼットから出した布団も、備え付けのベッドの上に敷いた。

「準備万端やな。ほたら、デリヘルに電話せえ」

おれは黒田に言われるままに、この部屋に残されたままで、まだ生きているNTTの黒電話を使って『ラブ・ラグジュアリー夢』に電話をかけ、「マリア」さんを指名した。

電話に出たのは野太い、しゃがれた、性別不明の声の人物だ。たぶん、あの巨デブの女だろう。その女に衣裳や器具などについての希望を訊ねられ、おれは戸惑った。

「衣裳って言われても……何がいいのかおれ」

なんせデリヘルを呼ぶなんて生まれて初めてなので口ごもっていると、黒田はイラついて、受話器のマイク部分を手でふさぎ、「メイド服でもスクール水着でも何でも適当に言えや！　ボケ」と凄んだ。

「あの……あの、できたらスケスケの服で、下着は白か、薄紫でお願いします！」

先方もイライラしていたようで、「それじゃバイブは普通サイズ、あとローターとかでいいわね」と適当に切られてしまった。

黒田は事務所から持ってきた例の大きな箱の蓋を開けた。重かったのに、中はカラだ。

「ええか？　女が来たらすぐに服を全部脱がせて、バッグも携帯も、バイブも何もかも、全部ここに入れさせるんや」

この部屋は全部のコンセントがチェック済みの盗聴フリーで、この箱も内側が鉛で張ってあって電波を通さないのだ、と黒田は言った。

「あのデリヘルを経営してる連中は怪しすぎや。そこの女は絶対、盗聴器持たされとるからな」

こちらの手の内を知られたらワヤや、と黒田は警戒しているのだ。

「ほんなら、ワシは帰る。コトが終わったら報告しに来いや」

頑張りや、とニヤリとした黒田が部屋を出た。と、殆ど入れ違いのようにマリアこと香穂がやって来た。

何度も遠目に見た時よりもずっと綺麗な人だったので、おれはどぎまぎした。

基本的な顔の造作は佳南によく似ている。他人の空似でなければ間違いなく姉妹だろう。けれどもボーイッシュでキリッとした印象の佳南よりも、このマリアさんのほうがずっと優しそうだ。

……まずはこのマリアさんが、佳南の姉であるところの香穂さんであるかどうか、おれは確かめなくてはならない。

『お姉ちゃんは、左のバストの横っていうか下の方にホクロがあるんです』

佳南はそう言っていた。そこでタイミングよく、マリアさんが言った。

「シャワーを使わせていただいていいでしょうか？」

マリアさんはとても礼儀正しい。言葉遣いもきちんとしている。やはり、普通の家庭のお嬢さんが強制的にデリ嬢をやらされているのだ。

そう思うと、おれは佳南に申し訳なく思いつつも、激しく興奮してしまった。

「あの……おれも一緒に入ってもいいかな？」

「もちろんです。そういうお仕事ですから」

とりあえずお風呂に一緒に入ることにしたが……この不気味なビルの不気味な部

屋の中でも、浴室はなぜか一番不気味な雰囲気なのだ。

「バスルーム、こっちっス」

案内しようと先に立ったおれだが、そこでハタと足が止まってしまった。なぜだろう？　頭の中が突然真っ白になり、どこに行ったらいいのか判らなくなった。いや、浴室に行こうとしているのは判るのだが、その浴室がどこなのか、一瞬判らなくなってしまったのだ。

「お客様、どうされました？」

棒立ちになっているおれを、マリアさんが心配そうに気遣ってくれた。

「いや……バスルームがどこだったか、咄嗟《とっさ》に思い出せなくなって……おかしいっすよね」

照れ笑いで誤魔化した。若年性の認知症だったらどうしよう。ただでさえ借金を背負って家族は失踪、あげくブラックな黒田のもとでコキ使われている、という運の悪さなのに。

「疲れてるのかな、おれ。こんな狭い部屋なのに。それともなんか悪い病気っすかね」

「お客様は病気じゃないと思います。この部屋、少しおかしいです」

意外にもマリアさんは真剣な表情だ。

「時々、あるんですよ、磁場の乱れているところでは。方向感覚が、おかしくなってしまうんです」

いわゆる「キツネに化かされた」状態が室内でも起こることがあるとマリアさんは言った。

「こんなこと聞いてあれですけど、なにか、この部屋でおかしなもの見たりしません？」

さっき来たばかりだからまだないが、この部屋に住めば確実に「見て」しまいそうだ。

おれにもこの部屋がタダで使える理由がうすうす判ってきた。ここは確実に「出る」部屋なのだ。

やがておかしくなっていた方向感覚も元に戻り、おれはマリアさんの先に立って浴室の折りたたみドアを開けた。その途端にマリアさんがふらふらっと床にしゃがみこんだ。

「大丈夫っすか！」

「ごめんなさい……少し気分が悪くなって」

私、感じてしまうタチなんです、とマリアさんは申し訳なさそうに言った。

セックスで感じるという意味ではないのは明らかだ。

「このお部屋……前に何か……いえ、ごめんなさい。何でもないです」

マリアさんが何を感じたのか、何が見えたのか、おそろしくておれにはとても聞けない。

この部屋の雰囲気からして、殺人事件、それもバラバラ殺人か何かの現場だったことは、ほぼ確実な気がする。

おれの家族も、佳南ちゃん、そして目の前にいる佳南ちゃんの姉・香穂さんことマリアさんの家族も失踪している。都会の片隅の、こういう部屋でバラバラにされていなければいいが、とおれは祈るしかない。

やがてよろよろと立ち上がったマリアさんは白いスプリングコートを脱ぎ始めた。下にはおれのリクエストどおり、シースルーのキャミソールを着てくれている。

少し顔を赤らめながら、マリアさんはキャミソールを脱ぎ、ブラも取った。

おれは恐怖も忘れて彼女をガン見した。黒田社長の愛人であるあや子さんがいつも着ているネグリジェのようなスケスケの服と、その下の巨乳を盗み見せずにいられないおれだが、今日はシースルーの服も、その下の女体も、思う存分鑑賞することができるのだ。

その興奮とワクワク感で、ここがいわくつきの部屋であることは綺麗に忘れてしまった。

マリアさんは、スレンダーなモデル体型だ。色白で、とても女らしい。アンダーヘアも、つつましくて薄い。

目を皿のようにして見てしまうおれに、彼女は恥ずかしそうにバストを隠しながら言った。

「ごめんなさい。私の胸、小さいでしょう？　整形するようにって、事務所からは言われているんですけど」

「そんな必要ないっスよ！　そのままで、ありのままで、マリアさんのバストはとってもキレイっすよ！」

おれは断言した。心からそう思ったのだ。そこでようやく黒田の指示を思い出した。

「あ、脱いだものはここに入れてね」

マリアさんの純白のレースのブラとパンティ、スケスケのキャミソール、スカートとコート、リクエストした「普通サイズのバイブ」そのほかが入っているとおぼしい小さなバッグも全部、その布張りで中は鉛だという箱におさめ、きっちりとフタをした。

デリヘルのヘビーユーザーなら、着衣のままで、あんなこともこんなこともするのだろうが、今のおれには全然そんな余裕はないし、黒田に言われたとおりにしないと後が怖い。

全裸になったマリアさんは浴室で、いきなり積極的になった。おれの局部をキレイに洗ってくれた後、いきなりぱくっと咥えたと思ったら……そのまま舌を這わせてきたのだ。

こういう行為にブスも美人も関係ないように思えるけど、マリアさんみたいに品のある美女にフェラをされると、本当に恐縮してしまう……なんてことを思っているくせに、おれの愚息はムクムクと大きくなり……聖なる彼女の手が、おれ如《ごと》きの玉袋を優しく包み込んでくれて……あっという間におれは暴発してしまい、マリアさんはゴックンしてくれた。

「この部屋もバスルームも怖いですけど、忘れるにはこれが一番ですね！」

彼女は笑顔でそう言った。まさにプロだ。

カラダを拭くのもそこそこに、ベッドに移動して、二回戦が始まった。

今度はおれが、彼女の高貴ですらある美しい女体に舌を這わせていると……。

「あの……こんなことお願いして申し訳ないんですけど、私……デリヘルだから本番は禁止なんですけど、できたら本番をして、割り増しの料金を払っていただけると、助かるんです。売り上げのノルマがとても厳しい事務所なので……」

デリ嬢に違法なことをさせてまで収益を上げようとするのは、単に厳しいというより、鬼畜な証拠だ。やはり連中は普通ではない。

恥を忍んで、という感じでお願いしますと言うマリアさんに、イヤと言えるだろうか？　言えるヤツは男、いや、人間じゃない。

おれが「マリアさんさえいいのなら、是非お願いします」と言うと、いきなり彼女は抱きついてきて、唇を重ねた。

「う。むう……」

ディープキスだった。舌が入ってきて驚いたが、やがてその甘美な感触に、思わずおれは目を閉じてしまった。

マリアさんはおれの愚息を握った。それはすでに回復していた。

「私のも……触ってみて」

彼女はおれの手を取って、自分の花弁にあてがった。

そこは熱く息づいていた。

仕事とはいえ、本当にいいの？　とつい訊くと、彼女は黙って頷き、その小ぶりな胸をおれに押しつけてきた。

「あっ、あン……」

マリアさんは息をはずませた。おれの指先が本能的に彼女の急所……クリット……を探り当てたのだ。

肉芽を掻き乱されて、マリアさんは肩と腰を震わせた。

おれはもう、夢中になっていた。リードされるままマリアさんの口を吸い舌を絡ませながら、女芯弄《いじ》りを続けていた。いつの間にかおれのもう片方の手も、彼女の胸に纏《まと》わりついている。

「じゃあ……いい？」

彼女はおれの上に跨《また》がると、腰を沈めてくる。なんだかマリアさんに犯されているような……いやもう、どうでもいい。だって、気持ちがいいんだから！

「ああ……くくっ」

腰が蠢いて、本能的に下から突き上げると、彼女もくびれた腰を前後左右に揺らす。その姿はまさにワイセツきわまりない。彼女のような気品ある美女が騎乗位で腰を使う姿は……ため息が出るほどに、イヤらしい。

「いい……いいわ」

マリアさんの背中を電気が駆けあがる気配があって、彼女も腰をいっそう揺らめかせる。下からおれに突き上げられながら、自身も前後左右に、くねくねと動かさずにはいられないという風情だ。

「ねえ。こういうの、どうかしら？」

マリアさんがおれの両手を取って、自分の乳房に宛《あ》てがった。

「揉んで！　お願い！」

おれは言われるままに下から彼女の双丘を揉み上げた。

乳首を指に挟んでくじりながら、可愛いバスト全体を揉み上げていく。

おれのモノは今や力強く下から彼女を突き上げて、抽送を繰り返している。

こういう仕事をし始めて、まだ間もない感じの彼女の秘唇は綺麗な色だ。おれのモノが出入りするたびにひくひくと蠢く。肌にもしっとりとした汗が浮いてきた。

それにつれて、女体の反応もより熱いものになっていった。

おれを見下ろす彼女の瞳は潤んでいた。焦点が合わずうっとりとして、頬はピンク色に染まっている。

マリアさんの締まりがいっそう強くなってきた。内腿がひくひくと痙攣を始め、怒濤のような震えが、爪先からゆっくりと上がって来るのが判った。

一際、女芯の締まりが強くなった。

ひいいっ、と彼女のスレンダーな躰は弓なりにのけ反り、その刺激におれも耐えられなくなった。

「うぐっ！」

おれは射精しながらも腰を思いきり突き上げた。これはもう本能のなせる業だ。

終わったあと、おれはマリアさんの手首に痣《あざ》があることに気づいた。そして、彼女との素晴らしいセックスに夢中になって、確認することをすっかり忘れていた左下乳のホクロも、見つけた。

と、同時に、本来の使命を思い出して、おれはマリアさんに向かって正座した。

「あの驚かないで聞いてほしいんスけど、マリアさん、妹さんがいるでしょう？　佳南ちゃん、っていう名前の」

「どうして？　どうしてあなたが妹の名前を知ってるの！」

マリアさんは思わず叫び、あっと言う表情で口元を抑えた。

「大丈夫っす。さっきバイブとかを仕舞ったあの箱は……」

おれは布張りの箱を指さした。

「中に鉛が張ってあるから盗聴の心配はないっすから」

おれは佳南ちゃんから姉を探してくれ、と依頼された一部始終を話した。

「佳南ちゃんは偶然お姉さんを見かけて、あのマンションの七階にある部屋を、一軒一軒、尋ねて行ったそうですよ」

「なんて無茶なことを……」

マリアさん、いや香穂さんは真っ青になっている。

「あの人たちはそれで、もうすぐ妹も連れてきてやる、なんて言ったのね」

「あの人たち」は一度目をつけた家族は徹底的に食い物にするのだ、と香穂さんは震えながら言った。

「だからこうして私は働かされています。お前の父親が作った借金のせいだ、お前が躰で返せ、とあの人たちは言って……妹が高校生だということも調べ上げていて、どこに居るんだ、逃げられると思うな、としつこく聞かれて」

妹が家出をしていて、あの夜、たまたま家にいなかったことは不幸中の幸いだったと香穂さんは言った。

「あの夜」とは香穂さんの一家が佳南ちゃんを残して失踪した夜のことだと思うが、一体何があったのか。

「妹は……佳南は大丈夫なんですか？」

「大丈夫っす。お姉さんを探しに行ったすぐあと、ワゴン車に連れ込まれそうになったけど、そのまま逃げてウチに駆け込んだから」

自分は飯倉良一という者で探偵社の仕事をしているのだ、とおれは名乗り、じゅん子さんに作ってもらった名刺も出した。

すがるような、ほっとしたような香穂さんの表情を見る限り、信用してもらえたようだ。

香穂さんは、何があったかについて詳しく話してくれた。

彼女の父親が筋の悪い女に手を出し、その落とし前をつけろ、とその女の母親だという女（ファミレスで傍若無人な振る舞いをしたあの巨デブブスババアだ）と、手下の男たち三人が家に乗り込んできたこと。父親も母親も自分も、連日糾弾されつづけ、次第に判断力がなくなっていったこと。

「そのおばさん、というか、みんなにオフクロさんって呼ばれてるんですけど、私たちを責めているあいだは全然眠らないんです。ご飯も食べないし。三日間くらいノンストップで私たち家族全員が延々ひどいことを言われて、責められ続けて……。ウチの大事な娘があんたの亭主に、お前の親父に傷物にされた、どうしてくれる、娘は中絶もした、その慰謝料を払え、と言われて……。少しでも言い返すとそのおばさんはキレてメチャクチャ暴力を振るうので、怖くて」

最後には家族全員、まったく逆らえなくなったという。

「元はといえば私の父が馬鹿なことをしてしまったせいですし、家族にも責任があると言われればその通りだという気がしてしまって。私は……普通にお勤めをしてるOLだったんですけど、仕事にも行けなくなって……結局退職しました。その前に消費者金融から目一杯借金をさせられて……家も売りに出すって言われました」

それで、家のあった場所が更地になっていたのか。

実は、とおれは思わず言ってしまった。

「おれの家族もいなくなったんすよ。実家があった場所も同じように更地にされていて」

「まあ」

香穂さんは息を飲んだ。

「もしかして……あなたの、飯倉さんのご家族は三人……大人しそうなお父様と、しっかりしたお母様、それに、美人で気の強そうなお姉様の三人じゃありません？」

たしかにおれの親父は空気だが、おふくろと姉貴は気が強いとか、しっかりしたというレベルではない。はっきり言っておれは二人とも怖いし、二人ともかなりの根性ワルだ。香穂さんは優しいから、ずいぶんと控えめな表現をしてくれているのだろう。

「その、飯倉さんのお姉様かもしれない方ですけど、あの人たちにどんなに怒鳴られても叩かれても『あんたバカ？』『はぁ？　死ねばいいのに』って言い返していて」

間違いない。姉貴の口癖だ。おれも何度言われたかわからない。

この時点でおれは、おれの家族全員が、その「オフクロさん」だか何だか知らないが、巨デブで凶暴で、寝食を忘れて人を追い込むモンスターの一味に取り込まれてしまったのだ、と確信した。

「その三人は……おれの家族は一体、どうなったんすか？」

香穂さんは痛ましそうな表情で、おれから目をそらした。そして顔を伏せたまま、絞り出すように言った。

「お父様は……私たちの目の前で……うちの父も一緒でした」

「殺《や》られちゃったんすか！」

ショックと恐怖でおれの声は裏返った。

黙ったまま、香穂さんは辛《つら》そうに頷いた。

「おふくろは……姉貴は」

「お母様は……私の母もそうですけど、どうなったか判りません。あるいは別の部屋に監禁されている、ということも考えられますけど」

そして香穂さんのように大人しくはなく、素直でもなかった姉は……。

「私と一緒にデリヘルの仕事をするように言われたけど、イヤだと言って、そうしたら、そのおばさんと手下の男の人たちがもの凄く怒って」

ちょっと口では言えないようなひどいことをされたあと、身動きも出来なくなって、どこかに連れて行かれてしまった、と香穂さんは言った。

「そんな……まさか……ひどいっすよ」

気がついたらおれは泣いていた。おれには必ずしも優しい家族ではなかった。むしろ、いつもおれを馬鹿にして、お前はバカだ何も考えていない、そんなことでは人生を棒に振ると、おふくろと姉貴、ついでに二人の尻馬に乗った親父までが、人の顔さえ見れば口うるさく、駄目出しをするだけの家族だった。それでも、そんな家族でも、おれ一人を残してこの世から消えてしまったと知るのは辛い。非常に辛い。胸をかきむしられるようだ。

楽しい思い出もあったのだ。親父が忙しかったから、ごくたまにだったけど、四人で囲んだ夕食のテーブル。一度しか連れて行ってもらえなかったけれど、まるで夢のようだったネズミの国。

「ねえ、飯倉さん、泣かないで」

いつの間にか、香穂さんがおれの背中をさすって、慰めてくれていた。

「ごめんなさい。私にも何かできたことがあったかもしれないのに」

駄目だ、おれは。こんなことでは。

理不尽に家族を奪われたのは香穂さんも同じだ。しかもこんな仕事までさせられて……。

こんな仕事といいつつ、おれは香穂さんとやることはしっかりやってしまったわけだが、おれなんかより香穂さんのほうがどれだけ辛いことか。

おれは気を取り直して、残された時間を、香穂さんからなるべく多くの情報を聞き出すことに使った……。

＊

香穂さんが帰って、急いで事務所に戻ったおれがすべてを報告すると、黒田は「なるほどな」と大きく頷いた。

「その巨デブのボス婆は、飲まず食わず眠らずで追い込みかけるちゅうことやが、そら間違いなくシャブ食うとるわ」

専門家である黒田が言うには、覚醒剤を使うと数日間、眠らなくても平気になるらしい。食欲もなくなり、ほとんど超人的に活動力の高い状態に人を変えてしまうところがアッパー系ドラッグの恐ろしさ、なのだそうだ。

「普通の人間には到底、太刀打《たちう》ちできんわな。最後には気力が尽きて、何でも言うこと聞いてまうようになるっちゅうわけや」

黒田は一枚の書類をおれに見せた。

「佳南ちゃんトコの実家の土地登記簿謄本や。お前が張り込みしとる間に取ってきた。ワシも仕事しとるやろ」

この謄本によれば、香穂さんの実家の土地は更地になっているが道路に面していないため、なかなか売れないらしい。

「それとな、お前の最初の報告。ファミレスで巨デブのおばはんが従業員土下座させた、いう話でピンときた。おばはんはシャブ中やと踏んで、どっから引いとるかも、実はもう調べがついとる。どや。ワシもやるやろ」

それから黒田は、たちまちのうちに巨デブクソ婆を追い詰める作戦をあっという間に練り上げてしまった。こういう事が心底好きらしい。

「ヤクの売人のルートを使うて、クソ婆に『極上の品を格安で流したる』と偽りの情報を流して三千万くらいの現金を用意させる。その上で善意の第三者を装って、クソ婆に香穂と佳南の実家の土地を買いたい、と持ちかけるんや。クソ婆は即、食いついてきよるで」

その後、水を得た魚のように、黒田は嬉々《きき》としてすべての段取りをつけた。何本か電話をするだけで、てきぱきと話をつけてゆく手際の良さにはじゅん子さんも驚いている。ぐーたらで口だけと思っていた黒田のどこにこんな能力が隠れていたのかとおれも驚いた。そこはさすが本職ということか。

「ほなよろしゅうお願いしますワ。場所は、えろうすんまへんが、そちらっちゅうことで。はい、手付けを用意させてもらいます」

最後の電話を切った黒田はどや顔だ。

「相場よりえらい高《たこ》う値段を提示したったんで、クソ婆は簡単に食いついてきよったデ。土地の売買契約は相手方の自宅で、という条件も出したった。ワシらが乗り込む口実や」

ドラッグの取引もその日の数時間後に設定している。今日の黒田は万事抜かりがない。


二つの取引当日の午後五時。

黒田の古いスーツを急遽《きゅうきょ》じゅん子さんが寸法合わせをして、それを着込んだおれは不動産会社の社長の秘書という設定で、黒田とともに巨デブクソ婆のアジトである、例のマンションに乗り込んだ。

「ようこそいらっしゃいました。わざわざ済みませんねえ」

ファミレスでの傍若無人なクレーマーと同一人物とは思えない、愛想の良い声と満面の笑顔で、巨デブクソ婆はおれたちを出迎えた。

十二畳はある広いリビングには、悪趣味の粋を尽くしたような家具が並んでいる。男根をかたどったゴールドの脚に支えられた、天板がガラスのコーヒーテーブル。

高価そうな洋酒がぎっしり詰まった飾り棚も同じくゴールド。ゴールドの部分には、どう見ても女性器としか思えない浮き彫りが、至る所に施されている。

「あのこれ、もしかして……お○○こ」

驚いたおれが思わず口走ると、即座に黒田はおれの頭を思い切りドついた。

「ワレはナニ失礼なことを抜かしとるんじゃい！　申し訳ありまへん。こいつはホンマに教養の無いボケカスアホンダラで」

「いいんですのよ」

大富豪の貴婦人を気取った巨デブクソ婆は優雅に笑って見せた。

「オタクの若い人、なかなかお目が高いわ。このテーブルもその飾り棚も、現代美術の最先端を行く芸術家の一点モノでね」

なんとかいうスイスの彫刻家の作品なのだそうだ。こんなモノを販売してよく警視庁が何も言わなかったものだ。

ニコニコして説明するクソ婆は、巨漢の女装タレントによく似ているが、毒舌を吐く時の剣呑《けんのん》な表情を一千倍強めた、意地の悪そうな口元と目付きが違う。愛嬌《あいきょう》のあの字もない。それなのに努めて笑って愛想よくしようとしているところが逆に不自然で気持ちが悪い。生理的に不快なのだ。

他にも趣味の悪いモノは目白押しだ。巨デブが「ベネツィアングラス」だと言い張るシャンデリアからは、乳白色にピンクをあしらった円形の灯《あか》りが多数つり下がっているが、それはどう見てもおっぱいだ。このクソ婆は人体系の装飾に目がないのだろう。

そのほかにも暗い金色の装飾があちこちにある。絨毯《じゅうたん》も暗い赤。ソファも血の色。テレビで見た昔ながらの名曲喫茶か老舗《しにせ》ホストクラブの内装をさらにくすませたような、どう考えても趣味がいいとは言えないインテリアで統一されているのが見事と言えば見事だ。

「お茶を用意しましょうね」とクソ婆が席を立ったスキに、黒田はおれに白い粉の入った袋を素早く手渡した。

「小麦粉や。お前はそう思うとけばエエ。ただし値の張る小麦粉やからな。袋に穴あけたりしたら承知せんぞ」

午後五時を指定して、あらかじめ香穂さんというかマリアには予約を入れてある。だから既に、香穂さんと運転手の金髪ピアスタトゥー男はこのマンションにはいない。

「はい。お茶をどうぞ。ダージリンでよろしかったかしら？」

クソ婆が直々に運び、ダミ声で勧めてきた紅茶は、飲んでも全然味がしない。出がらしなのだ。警戒した黒田は口もつけない。

「ほな、お約束の手付けを」

黒田はアタッシェケースをテーブルの上に載せ、パチンとロックを外して開けて見せた。

眩《まばゆ》いばかりのピン札が並んでいる。

「七千万おます。お確かめくださ い」

黒田は映画でよくあるように、アタッシェケースをクルリと回してクソ婆に向けた。

クソ婆は用心深く札束を取り上げるとランダムに数枚抜き取って透かしを確認した。

「疑ってご免なさい。だけど、額が大きいから、用心するに越したことないわよね？」

「おっしゃるとおりですな」

黒田は素直に同調した。

「ワタシの方はこれで結構。じゃあ売買契約書を」

ちょっと！　とクソ婆が奥に声をかけると、手下が書類と朱肉などをうやうやしくお盆に載せて持ってきた。

黒田は、実印を手にしたものの、朱肉につけようともせずに、雑談を始めた。

「しかしなんですな、最近は景気が悪いのやらいいのやら判りませんな。給料は上がらん、消費も低迷というクセに、正月を海外で過ごす連中は過去最高やとか。どないやねんと思いますわ。私ら貧乏ヒマ無しで盆も正月も働いとると言うのに」

「そ……そうですわねえ」

クソ婆は戸惑いながら話に応じた。

「中産階級が消滅して富豪とド貧乏の二極分化がエラいことになった、言うことですかなあ。社会不安が増大しますわなあ」

「はあ……」

黒田はテレビで聞き齧った社会批判をべらべらと際限なく喋り始めて、売買契約書になかなか判を押さない。クソ婆は契約書をチラチラ見て、早くハンコ押せ！という気持ちを表しつつも付き合っている。いつもなら「やかましい！　どうでもいいことをいつまでも喋るな！　土下座して謝れ！　そしてハンコをさっさと押せ！」と怒鳴るところだろうが、目の前に大金がある以上、クソ婆は我慢しようと決めたようだ。

「あの、申し訳ないっス。お手洗いをお借りしても……？」

クソ婆は我慢しても出来の悪い秘書のおれは我慢できなくなったという段取りで、おれはトイレに立った。

だって人間だもの、という書が幾つも貼られたトイレに入り、用を足し、黒田に命じられた通りに、トイレタンクの内側に「小麦粉の入ったビニール袋」を隠した。

おれがトイレから戻ると、リビングでは騒ぎが起きていた。手筈通りにマリアこと香穂さんからＳＯＳが入ったのだ。クソ婆が携帯に向かって血相を変えている。

「引き抜きだって？　冗談じゃない！　そこから出るんじゃないよマリア。そんな連中に指一本でも触らせたら承知しないからね」

段取りではマリアさんの派遣先のラブホに男が三人いて、強引に引き抜きにあい、嫌だと言ったらレイプされそうになりトイレに逃げ込んだ、という設定になっている。

クソ婆は客人の前なのに怒りの声を上げた。

「マリアが引き抜きにあってる！　お前たちの出番だよ！　ウチを舐めたらどんな目に遭うか、しっかり教え込んできな！　ここはワタシひとりで大丈夫！」

このマンションには、巨デブ婆以外、手下が三人常駐しているということは確認済みだ。

判りました、と目付きの悪い手下三人が出て行き、玄関ドアが閉まる音がした、その瞬間。

黒田が豹変した。

いきなりテーブルを蹴り上げ、出がらしの紅茶をクソ婆にぶちまけると、仁王立ちになって耳をつんざく大音声で怒鳴り上げた。

「ワレ、素人の分際でホンマモンのヤクザを舐めとったらあかんド、こら」

ドスが利いたバリトンの威力は絶大だ。おれですら小便したばかりなのにちびりそうになったほどだ。その上、黒田は紅茶のカップを思い切りバキバキと踏みつぶした。

「どこで習《なろ》うたか知らんが、ヤクザの猿真似しやがってこのど素人のど腐れババアが。ええ加減にしさらせ！　ワレ」

本職の迫力は違う。

クソ婆も、恐怖のあまり失禁している。

「おいクソ婆。お前、今日、ヤクの取引するやろ？　そのためのカネ用意しとるな？　知らんとは言わせんデ。ワシはプロのヤクザや。神戸《こうべ》とも直結の筋金入りや。文句あるか？」

「なななな、ないです……」

クソ婆の顔から邪悪なモノが消えうせ、すっかり普通のデブのバアサンになっている。

「ほたら、素直に出せ。三千万、持ってこんかい！」

黒田が趣味の悪い絨毯の上に落ちたティースプーンを壁に投げると、それはナイフのように刺さってビーンと震えた。

「今度はお前の喉に投げたろか？」

ひひひと黒田が笑うと、ババアはひいと悲鳴を上げながら隣の部屋に這っていく。おれたちもついていくと、事務所にしている隣室には大きな金庫があり、ババアはそこから札束を取り出した。

「さ……三千万」

「おう」

黒田は三千万円の札束を自分とおれの服のポケットにねじ込み、なおも手を伸ばしてクレクレをした。

「えっ。お金なら今……」

「お前の携帯電話も寄越さんかいクソ婆」

「あ、いえ、これは……これは困ります」

商売のお得意さんの電話番号を登録してあるのだろうし、ヤバいメールが多数保存されてもいるのだろう。

「出せ言うとるんじゃ！　聞こえんのか？」

ババアは震えながら携帯電話を差し出した。

受け取った黒田は、デスクの上にあるNTT固定電話のケーブルも引き千切った。

「言うとくけどおばはん、妙な気ィ起こさんほうがエエで。盗《と》られたのは何のカネやとサツに聞かれて、シャブの代金やとは言われへんやろ？」

そう言いながら、黒田は引き千切った電話ケーブルでババアを後ろ手に縛り上げ、アタッシェケースの蓋を閉めると、ニヤリとした。

「ほな、サイナラ！」

おれたちは、マンションのドアを開けっ放しにしたまま、立ち去った。

ビルとビルの間の狭い通路を伝い、黒田行きつけの雀荘《ジャンそう》のビルに裏の非常階段から入り、マスターに挨拶すると、そのまま表から出た。

監視カメラに捕捉されないルートだ。

「ワシは先に帰る。ホレ、出せ」

用心を重ねて、二手に分かれることになったが、黒田はおれのポケットにある戦利品を全額、回収した。

おれに残された使命は、警察に通報することだった。

しばらく走り、現場からできるだけ離れてから、公衆電話を使って110番した。

「湯島天神の裏の方にある湯島グランドパレスっていうマンションでトラブルです。覚醒剤の取引で何かあったようです。トイレのタンクがどうとか叫んでました」

名乗らずに電話を切り、ガクガクする足で歩き始める。しばらくするとサイレンが聞こえ始め、すぐ横をパトカーが通過していった。

そこから、わざとゆっくり歩いて秋葉原の事務所に帰ると、既に黒田は戻っていてデスクに脚を載せてテレビを観ていた。

「おお、帰ったか。見てみい。オモロイで」

夜のニュースの時間だったが、ぶち抜きで現場からの生中継が流れていた。

『現場は大変な騒ぎになっています。東京の繁華街・上野にほど近い湯島のマンシヨンの一室から大量の覚醒剤が見つかりました。その部屋の所有者とみられる女性は関与を否定していますが、その女性には別件で逮捕状が請求されており、また同マンションからは、別の衰弱した女性が救出されるなど、事件は意外な展開を見せています！』

おれがトイレのタンクの中に隠した「小麦粉の袋」を警察が発見し、家宅捜索したところ、奥の部屋に監禁されていた中年女性を発見して救出し、マンションのバスルームからは殺人が行われたとおぼしいルミノール反応が出たのだという。

「それとな、あのクソ婆から取り上げた三千万な、ここに戻る足で警察に寄って、雀荘のトイレで落とし物を拾うたと届け出たんや。三月《みつき》待てば、全額ワシのもんになる。あの婆は何も言えんやろ？　お前、ワシがずっと雀荘にいたとアリバイの証人になれや。雀荘のオーナーとも話がついとるわ」

黒田が得意げに話す間にも、刻々と新事実が出てきた。

あのマンションからは覚醒剤の小さな包みが至るところから出てきたし、あの婆が所有する埼玉県下の民家の床下からも、三体の腐乱死体が掘り出されたのだ。

「どや。スッキリしたやろ？」

暴力的な手段で依頼を一気に解決した黒田社長は文字どおり、どや顔で胸を張った。

だが、目の前で繰り広げられたバイオレンス、さらに想像を超えた事態の展開にドン引きのおれは、「何もあそこまでしなくても」と震えるしかなかった。

「いいや。あれでエエねん。加減を知らん素人が好き放題するのを、『本職』が放っとくわけにはいかんのや」

黒田は、真顔で言った。

＊

時間が経って恐怖が去ると……悲しみが襲ってきた。

おれの家族はあの巨デブ女の一味に食い物にされ、全員殺されてしまったのだ。

おふくろも、親父も、姉貴も。

夫婦仲が悪く、親父には始終ヒステリーを起こして優秀な姉貴ばかり可愛がっていたおふくろ。女にだらしがなく借金まみれで、自宅のローンの支払いが今月も落ちなかったといつもおふくろと揉めていた親父。自分の優秀さをハナに掛けて、ことあるごとにおれを見下してくれた姉貴。

みんなおれには少しも優しくなかったが、それでもおれにとっては世界にたった一つしかない、自分の家族だったのだ。

なのにおれは、みんなが死んだことさえ知らされず、葬式もあげられず、警察からまだ遺体を引き取ることもできないでいる。

何もかも全部、おれが駄目だからだ。家族を救うどころか、勤めていたブラック企業に借金を背負わされ、その返済のため、今もこのブラックな探偵社でコキ使われている。自分自身の始末すらどうにもできない……。

デスクに向かって頭を抱えているおれに、さすがに黒田もかける言葉がないようだ。いや、そもそもは、この黒田が悪いのだ。

『これでもな、社員のコトは考えとるんや。お前の家族の居所、調べたったで。聞きたいか？』

かつて黒田はそう言ったではないか。

『教えたってもええわ。お前の働き次第ではな。とりあえず、あと三つ、持ち込まれた案件を解決するこっちゃ。決して悪いようにはせんから、まあ頑張りや』

今回のこの件で三つめだ。だが、手遅れだった……。

おれは絶望し、本当なら怖ろしくて絶対言えないことを絶対言えない相手に向かって言っていた。

「社長は……おれの家族の居所調べたって社長は言ってたじゃないっすか！　調べたのならなぜ、教えてくれなかったんですか？　あの時、すぐに教えてくれていればこんな……こんなことには」

もはや耐えきれず、おれはそのままわんわんと号泣した。

まずい。社長は絶対激怒する。何もかもワシが悪い言うんかオノレは？　誰に向かってモノ言うとるんじゃ、ええ根性しとるの？　そう怒鳴られ、鉄拳が脳天に炸裂するのを覚悟した。しかし……。

「あ……葉巻が一本も無うなってるわ。ちょっと買うてくるワ」

驚くべきことに、こそこそと事務所を出て行ったのは黒田のほうだった。

「言いにくいんだけど……調べてないわよ。社長は、何も」

じゅん子さんがぽつりと言った。

「飯倉くんの実家の、更地になってる土地の、登記簿謄本ひとつ取ってないもの。佳南ちゃんの実家の土地の登記を調べに、私が法務局に行ったんだけど、その時に飯倉くんのうちの謄本もついでにって社長に電話したら、その必要はない、手数料が余計にかかるって言われたのよ。たった六百円なのに」

たった六百円のために、おれの家族は全滅したのだ。まるで政務活動費を追及された某地方議員のように、おれの号泣は止まらない。

その時、おれの肩にそっと手が触れた。

柔らかな感触。いい匂い。じゅん子さんではない。今日も事務所に遊びに来ていた、社長の愛人のあや子さんだ。

いつもならそのシースルーのブラウスから透ける巨乳を盗み見ずにはいられないのだが、もはやおれにそんな気力もない。

「お葬式」

あや子さんが言った。

「お葬式をしてあげようよ。飯倉くんのご両親とお姉さんの」

遺体が警察から戻ってくるまで待っていたら飯倉くんの心が壊れてしまう。とりあえずどんな形でもいいから何かをするべきだ、とあや子さんは言ってくれた。

そうだ、とおれも思った。

不意に目の前が開けたようだった。生前の姉貴に事あるごとに駄目出しされてたように、何をやっても人並みにできないおれだけど、せめて家族の弔いはしてやりたい。いや、それだってカネもないおれには人並みになんか出来ないけれど、せめて、今やれることはしよう……。

＊

「ではご親族の方からご焼香をお願いします」

黒いスーツ姿のじゅん子さんが言った。「ご親族の方」といってもおれ一人なのだが、やり方が判らない。前の人の真似をしようにも誰もいない。

茶色の粉をつまみあげては放し、を十回ほど繰り返したところで、苛立《いらだ》った声のじゅん子さんから「三回でいいの三回で！」とダメが出た。

白木の祭壇には果物や酒、野菜、鯛《たい》の尾頭つきなどが供えられている。お葬式というよりは、ガキのころ連れていかれた近所の稲荷《いなり》神社の初午《はつうま》に似ているのは気のせいだろうか。いや、黒田社長の心づくしの祭壇にケチをつけてはいけないだろう。

祭壇のまわりには四本の笹《ささ》。その間に張り巡らされた細い縄。何か凄く違うような気もするが、ピンストライプのスーツに身を包んだ黒田社長が神妙な顔をして立っているので何も言えない。それに、あや子さんも黒いシースルーのブラウスで参列してくれているし、マリアこと香穂さんも、佳南さんも来てくれているのだ。

家がまるごと消え失《う》せた、その跡地におれたちは立っていた。

家とともにアルバムも何もかも無くなっているのだから、遺影もない。いやそもそも、何かあるごとに家族写真を撮るような、そういう家ではなかったのだ。

ここだけ更地になっている、おれの実家の跡地を取り囲む近所からの視線を感じる。しかしそんなことを気にしてはいけない。

改めておれは合掌し、この家のありし日々を追想した。

親父の愛人だと名乗る若い女が怒鳴り込んできた、あの玄関。

おれが姉貴から突き落とされた、あの急な階段。途中で二度ほど曲がっていた設計で助かった。

ヒステリーを起こしたおふくろが滅茶苦茶に叩き壊した、リビングと台所を仕切る、あのガラス障子……。

ロクでもない思い出ばかりだが、家も人も、すべてが消え果てた今となっては、何もかもが懐かしい……。

「ちょっと！　良一！　アンタこんなとこで一体何してるのよっ!?」

聞き覚えのある声が、おれの甘く切なく苦い回想を叩き切った。反射的にすくみ上がるおれ。

この場所で暮らした長い年月のあいだ、何度となくおれをドヤしつけ、脅し上げたこの声の主は……。ぐい、とおれの肩先を摑んで後ろを向かせたその手の持ち主は……。

「あ……姉貴！」

おれの目の前には、すらりと背が高くグレイのビジネススーツにハイヒール姿の、いかにもキャリアウーマンでございという女が立ちはだかっていた。

「姉貴は……殺されて床下に埋められて腐乱死体になったハズでは？」

「はぁ？　誰が殺されて埋められたって？　パパはあのとおりだし、アンタもまったく頼りにならないし……このままだと家も土地も取られてしまうってママが泣くから私」

ローンが滞って競売にかけられる寸前だった実家を、外資に勤めるこのアタシがローンを組んで買い取って、更地にして建て替えようとしているその真っ最中なのだ、と姉貴は言い放った。

「ドリームハウスよ。半分は賃貸にして税制上の優遇が受けられるようにしたしね。それをアンタが何もかも終わってからしゃしゃり出てきて、なに地鎮祭みたいな真似をしてくれてるわけ？」

「ほひ〜」

全身の毛穴という毛穴が開いてしまったおれはまるで空気が抜けたように、その場にへたり込んでしまった。

何という展開……。

姉貴はやはり、おれなんかが及びもつかないほど優秀だった。悔しいけど。

「親父とおふくろは？」

「元気だけど？　なんで別れないのかしらあの二人。いがみ合いながら仮住まいでアタシと一緒に暮らしてるわよ」

なぜ知らせてくれなかったのか、と安堵《あんど》が半分、腹立ち半分で涙ながらに訊いた。

「なーに言ってるのよ！　アタシと喧嘩《けんか》して売り言葉に買い言葉で出て行ったのはそっちでしょ？　着信拒否したのもアンタだし、どうやって連絡取れってのよ？」

まったくそのとおりなので返す言葉もない。

運の悪いことにその後姉貴は携帯を水没させ、さらに手ひどく振った相手（複数）からイヤガラセの電話（多数）が着信していたこともあり、番号を変えたのだという。

「近所で聞くぐらいの頭が回らなかったの？」

「近所？　お姉さんは優秀だけど弟さんが、とかヒソヒソされていたおれが聞けるとでも？」

「まああそのへんで。ご家族が無事でなによりやおまへんか」

黒田が割って入ってくれたが、その顔は、おれ以上にほっとしているように見える。

「申し遅れましたが、ワタクシ、飯倉クンの現在の勤務先の上司です。彼はホンマによくやってくれてます。我が社のエースですわ」

黒田はそう言ってくれた。

「へえ、あんたがねえ」

と言った姉貴の顔は、ちょっとおれを見直したように見えた。

「そうなんです」

香穂さんも賛同してくれた。

「飯倉さんのご尽力で、私と、ここにいる妹と私の母は……母は入院中ですけど、大変な窮地から救われたんです。飯倉さんは私たちの命の恩人です。救世主なんです！」

「つまりはそういうコトなんだ姉貴」

おれは胸を張った。

「で、これからここに建つ新居に、おれの部屋も、当然、あるよね？」

ようやく事務所に居候の身の上から脱出できそうだ。大いなる希望の光が射《さ》した。

姉貴は即答した。

「あるわけないでしょ。そんなもの」

……ただでさえ狭い家の半分を賃貸にして建て直すのだ。三人住むのがやっとだ。

あんたの荷物はとっくに処分したから。と、あっさり言い切られて、おれの目の前は再び真っ暗になった。

やはり現実は厳しい。「なつかしい家族とは、今、目の前にいない家族だけ」という名言モドキさえ頭に浮かんでくる。

「おれの……居場所は、どこにもないんっすよね」

力なくつぶやいたところで、思いっきり背中をどやされた。

「しっかりせいや飯倉。お前の居場所はちゃんとあるがな」

ブラックフィールド探偵社にな！　と黒田が力強く感動的に言った。

全然、有り難くない。

「事務所がイヤやったら、あの部屋タダで貸したる。ほら、お前がこの仕事でオメコするのに使うた、雑居ビルのワンルーム」

居住実績できたら普通の家賃に戻せるしな、とほくそ笑む黒田におれは反射的に叫んでいた。

「あの部屋は……あの部屋だけは勘弁してください！」

実家に居場所はなく、「出る」部屋には住めない。

おれの事務所暮らし（@まかない付き）はまだまだ続くらしかった。

第五話　その企業、ブラックにつき

「おっは〜」と言いつつ、今日もあたしは事務所のドアを開けた。

ここは秋葉原の裏通りにある雑居ビルの一室。陽当たりも悪いし、掃除もゆきとどいていない。ドアのはめ殺しの磨《す》りガラスには「皆様のブラックフィールド探偵社」というロゴが書き込まれているけど、ところどころ剝げかけている。特に「皆様」の部分は殆ど読めない。

ドアを入ると、そこは相変わらず殺風景な事務所だ。せめて応接スペースには大塚家具の白い革張りのカウチとか……それが無理ならせめてイケアでも置けばいいのに、実際にあるのは黒い合成皮革の、ところどころスリ切れたソファだ。

黒ちゃん、じゃなくて黒田社長は「これもイケヤや。知り合いの池谷《いけや》商店からセコハンを買うたんや。どははは」とか笑えないギャグを言って自分でウケていたけど、そのたびに一応「やだぁ黒ちゃんったらあ」と笑ってあげる。これも愛人としてのおつとめということで。

あたしは一応、何もなくても一日に一回、この事務所に顔を出すことにしている。これも愛人のお約束。

黒ちゃん、いや黒田社長は、ゴツイ顔をしてヤクザみたいだけど、根は寂しがり屋なのだ。ベッドではミョーに甘えてくるし、この前なんか、赤ちゃんプレイをしてくれと言い出したくらいだ。けどこれは極秘ね。

黒ちゃんは甘えんぼなくせに、嫉妬深い。今日もだけど社員の飯倉くんがあたしの自慢の巨乳を穴があくほどに見つめているのに気がついたら、きっと飯倉くん、殺されるよ。

だけど、あたしは見られるのが好き。あたしが魅力的だからつい見惚《みと》れちゃうってことなんだから……。

シースルーのブラウスと、その下のレースのブラは、あたしの制服みたいなもの。ラベンダーにミント、ピーチにカスタードというパステルカラー各色、それに純白をひととおり揃《そろ》えていて、いろいろな組み合わせで毎日取っ替え引っ替え身につけてくることにしている。昨日は春らしく桜色のブラジャーに白い春霞《はるがすみ》みたいなスケスケのブラウスだったけど、今日は飯倉くんが一番好きらしい、ラベンダー色のブラウスに純白ゴージャスレースのブラジャーにしてみた。

飯倉くんは全然サエない男の子だけど、それでも若いコの熱い視線が、バストに突き刺さってくるって、気分いいじゃない？

こんな殺風景で不景気な事務所に毎日足を運ぶのも、黒ちゃんに義理立てしてるだけじゃなくて、実は、飯倉くんの熱い視線をバストに感じるのがキモチ良いからでもある。

その証拠に、あたしはブラを新調した。65のIカップ。純白のレースで、カットが思い切り低い。まさに、乳首が見えるスレスレだ。作戦通りに飯倉くんの目は今にも飛び出しそうになっている。内心ほくそ笑むあたし。むふふ。

「おう、あや子か。今日もエロい格好やな。おっぱいほとんど丸見えやで」

あたしの本心を知らない黒ちゃんも機嫌がいい。

あたしは字はヘタだし、計算はできないし、パソコンは触ると動かなくなるし、コピーひとつ満足に取れない。社長秘書兼受付嬢の、何でもできる上原じゅん子さんとは全然違う。

そんなあたしでも役に立っているコトと言えば、このあたしのバストの魅力で、働き者の飯倉良一くんを繋ぎ止めていることだろう。このＢＦ探偵社はハッキリ言って、ブラック職場以外のナニモノでもないから。

飯倉くんはほとんどお給料をもらっていない。黒田社長が裏で経営している闇金からお金を借りたのが運の尽き、社長に怒濤の追い込みをかけられて住んでいたアパートに居られなくなり、実家にすがろうとしたら両親も姉も全員と連絡が取れなくなり、家も更地になっていたという不運のデパートのような子が、彼なのだ。

その家族を探してくれ、とこの探偵社に駆け込んできたのが二度目の運の尽き。カネ返せと追い込みをかけていた黒田社長にまさかの再会を果たしてしまい、借金のカタにほとんど無給で働かされるハメになっているのだ。

まあお給料一切ナシでは生きていけないので、この事務所に寝泊まりして、黒田社長によれば「住み込み賄い（カップラーメン一日一個）付き」ということになるわけだけど。

ソファの下に押し込んである飯倉くんの寝袋を横目に、あたしは買ってきた鯛焼きを出した。飯倉くんのお腹が鳴っている。

「これ、みんなで食べようよ。温かいうちに」

あたしでもお茶ぐらいは淹《い》れられる。一番安い茶葉と給湯器から出したお湯を急須に入れて、四人分の湯飲みと一緒に持っていくと、絶妙のタイミングで来客があった。五日ぶりくらいかな。

若い女の子がドアから顔を出して、おずおずと訊いた。

「あの、ここBF探偵社でいいんでしょうか？」

なぜかここに来るヒトタチはみんなそう訊く。探偵社じゃなければ何に見えるんだろう？　ヤクザの組事務所と誤解されるのは黒ちゃんの外見のせいだけど、デリヘルかファッションマッサージ、はたまたAV女優のプロダクションですか、って訊かれたこともあった。それはあたしの美貌と巨乳、セクシーなファッションのせいだと思うけど、AV女優っていうのは笑えない。あたしの別の顔がAV女優・麻生ルルだってことは、やっぱり見る人が見れば判るのかな？

今日の依頼人は若い女の子だ。小柄で小顔で、メガネをかけて服装もキチンとしている。ショートカットだという一点を除いて、ウチの有能な受付嬢・上原じゅん子にそっくり、というか、そのまま縮小コピーしたみたいな感じの子だ。

「如何にも、ここがブラックフィールド探偵社ですわ。ワシが社長の黒田です」

社長の貫禄《かんろく》を見せて黒ちゃんが名乗った。じゅん子さんが早速メモパッドとボールペンを持って、依頼人の前に座る。

「本日はどういうご相談でしょうか？」

会社員の高木依里子《たかぎいさこ》と名乗った若い依頼人は、しばらくためらっていた。こういう場合は、身内の恥を晒すような場合が多いみたい。モジモジしないときは、激怒した勢いでやって来てそのまま怒りをぶちまける。だいたい、そのどっちかだ。

「おじいちゃんが……私の祖父が詐欺にあってしまって……盗られた五百万円、取り返してほしいんです」

ほらやっぱり。

思いきって言ってしまうと、堰《せき》を切ったように、若い女の子は事の次第を詳しく話し始めた。

「祖父が未公開株詐欺にあってお金を取られたんです！　独り暮らしの祖父は健康食品を筋の悪い通販で買ったことが事の始まりで、詐欺師連中のいわゆる『カモリスト』に載ってしまったようなんです。それで、次から次に口車に乗せられて、嘘の未公開株を五百万円分も買わされて……それからはもう、祖父はいいカモ認定されたままで、投資会社からの怪しい電話やダイレクトメール、自宅への訪問などが相次いでいて……」

依頼人はあたしが淹れたお茶を飲み、「よければどうぞ」とあたしの分を差し出した鯛焼きを一口囓って、一息ついた。

「今はあたしが同居して見張っているから、なんとかそいつらを寄せ付けずに頑張っているのですが、ヤツらのあまりにも人をナメた態度がもうムカついてムカついて、なんとかとっちめて、ギャフンと言わせてやりたいんです」

古めかしい表現を口にした彼女はまた一口お茶を飲み、鯛焼きを食べた。

「警察もひどくて、全然、取りあってくれないんです。お約束の『自己責任』だとか、お金を振り込んだ以上は仕方ないですねえとか、そこが詐欺会社だという証拠もないでしょうとか言い逃れるだけで、全然動いてくれないんです。たしかにヤツらからは半年ごとに決算報告書やパンフレットが送られてきますけど、読んでみると嘘くさいし、実際にお金を運用しているかどうかなんて、判らないでしょう？」

おじいちゃんは要介護3の認知症だし、絶対ダマされたに決まっている、判断力の無い年寄りからお金を引き出すなんて幼稚園児の手からチュッパチャプスをもぎ取るようなものですっ、と依頼人の依里子さんは力説した。

「あんまり腹が立ったから、私、おじいちゃんに五百万振り込ませたその会社、パラダイス・インベストメント・パートナーズに電話してみたんです」

住所は西新宿にある有名な高層ビルだった、と依里子さんは言った。

「住所で信用させようとしてるんです。電話したら、ほんっと頭悪そうな女が応答して」

依里子さんは「もっしぃ〜？　パラダイス・インベストメント・パートナーズですがぁ？　何の御用ですかぁ〜？」とその「ほんっと頭悪そうな女」の応答を再現してみせた。マジメそうな見かけによらず物真似が得意らしくて、その声色はひどくリアルだ。

だけど、頭のてっぺんから出てるようなその声を聞いて、あたしは落ち着かなくなった。

黒ちゃんとじゅん子さん、そして飯倉くんまでがあたしを見た。何故かって？　それは依里子さんの物真似が、声も喋り方も、あたしの口調にそっくりだったからだ。

このレベルの受け答えでいいのなら、この詐欺会社に電話番でお勧めできるかも？　なんてことを思ったりしたが、まさかそれが本当になるとは、この時には思いもしなかった。

「ほら、これがその極悪サギ会社のパンフレットです。こ〜んなに豪華でツルツルの分厚い紙使って、綺麗な写真とか載せちゃって、マジ腹立ってくるんですけど？」

あたしも乗り出してそのパンフレットを見てみた。確かに怪しい。

地中海っぽいリゾートのサンセットで、海と夕陽をバックに、お洒落な男女のカップルが見つめ合うシルエット。なんかものすごくありがちだけど、これ旅行会社のカタログか？

全体にオレンジっぽいグラビアにはお約束のヤシの木が数本配され、なんだかよく判らない木も生えている。そんな表紙の端っこに「Paradise Investment Partners」と社名が外資系の企業みたいにカッコよく刷り込まれている。

黒ちゃんが読み上げた。

「あなたもチュニジアのオリーブの木のオーナーになりませんか？　一本六万円、三年後には最高級一番搾りのオリーブオイルとなって利益があなたのお手元に。収益は一本につき年間三十万円……これ、モロ和牛商法のパクりやないですか。和牛がオリーブの木で北海道がチュニジアになっただけで、こんなもんに引っかかりよるアホが……いや失礼、被害者がおるんかいな？」

「あの……おれ、この写真、見たことあるっスよ！」

素っ頓狂に叫んでパンフレットを手に取ったのは、じゅん子さんの横で黙っていた飯倉くんだった。

「確かにこれっス。この写真、つか画像、前に勤めてた会社で、おれが作らされたウェブページのトップに使ったことがあるんス」

「飯倉くんの勤めていた会社って、あの超ブラックの？　サーバが飛んだ賠償金を、まるっと飯倉くんに背負わせたIT企業だよね？」

と、じゅん子さんが言った。よくいろいろなことを覚えていられるものだ。あたしとは違う。

「たしか名前はゲゼル……ゲゼルなんとか」

「ゲゼルシャフト・シュヴァルツ。おれの人生台無しにして、そのあとなぜか急成長してマザーズにまで上場しやがって……あの社長の野郎、チクショーッ！　畜生畜生っ！」

あたしはあわてて鯛焼きがはいってた袋を飯倉くんの口元に当てがった。また過呼吸の発作を起こされてはかなわない。

「落ち着けや飯倉。ほたらそのサギ会社のウェブページを、お前の勤めてた超ブラックIT企業が作ってたっちゅうことか？」

「飯倉くんが作ったウェブページ、まだあるみたい。チュニジア／オリーブの木／投資でググッたら出てきた」

じゅん子さんがPCのディスプレイに表示させたのは、依頼人が持ち込んだ豪華パンフレットに載っているモノと全く同じ、胡散《うさん》臭い画像だ。

「チュニジアは革命が起きちゃってオリーブの木どころじゃないハズなのにね……あれ？　おかしいな」

じゅん子さんはマウスを動かしながら、何度もカチカチ言わせている。

「ボタンをクリックしてもどこにも行けない……というか別のページに飛べないいんだけど？」

「そうっす。そのページ、表紙だけっすから」

「表紙だけ？　なんやそれ」

その場にいた全員が不審そうな表情になった。

「おれも意味判んなかったんすけど、GS社……ガソスタじゃないっすよ、ゲゼルシャフト・シュヴァルツ社の社長がそうしろと。ネットに詳しくないジジババに見せて安心させるだけだから、表紙だけあれば充分だと」

「舐めくさった商売するガキやの。そのGSの社長たら言う外道は」

黒ちゃんは怒っている。

「ほかにもいろいろ作らされて……絶対ヒット間違いなしの新作韓国映画の製作費を出資しませんか？　韓流スターと食事会ができますよとか、たった百万円でウズベキスタンのリゾートのオーナーになれますとか、ギリシャのホテルを買いませんかとか、ニューオーリンズの砂漠にある別荘を共同所有とか」

「それ全部知ってます。映画もウズベキスタンもギリシャもニューオーリンズの砂漠も、パンフレットがほら、全種類ここにあるから」

依里子さんはＡ４サイズのエディターズバッグからパンフレットの束を取り出した。

「おじいちゃんの部屋からこういうのが一杯出てきました。あいつらは次から次へとおじいちゃんを騙して、お金を全部、毟り取っていったんです！」

自称リゾート、でもあたしがＡＶの撮影で使ったラブホにソックリの宮殿風のホテルや、イケメン韓流スターが上半身ハダカで決めポーズをしている写真その他が載ったパンフが応援セットのテーブルの上一杯に並べられた。

「ニューオーリンズって洪水のあったところでしょう？　砂漠なんてあるのかしらね……あら？　この別荘、千葉にあるリゾートスタジオにそっくりですね」

上原じゅん子はそんなことを言いつつパンフをチェックしながら、依頼人に言った。

「こちらのお祖父《じい》さまが被害に遭った投資詐欺会社と、ウチの飯倉が勤めていたＩ

T企業は、そうしますと普通に考えて、経営が同じということかもしれませんけど」

「絶対そうっス！」

飯倉くんが確信を持って断言する。

「あの社長なら平気でヒトを騙します。おれを騙して借金を背負わせたように」

飯倉くんは、その『悪の社長』がどんな男か、恨みをこめて描写した。

「もうね、社長の黒佐木……通称クロサギって言うんスけど、アレはもう、存在を許されないレベルの極悪人っす。顧客のヤクザにはへいこらして自社の社員には気分次第で当たり散らす、強きを助け弱きをくじく卑怯者で、元半グレとか言ってましたが、要するに中途半端なワルっすよ。プログラムの仕様や仕事の指示も、客の無理な注文をそのまま右から左に社員に投げるだけ。何かと言えばコストだコストだとバカの一つ覚え、おまけに気まぐれで言うことがコロコロ変わるので、どれだけ無駄に振り回されたことか！」

思い出すだけではらわたが煮えくり返るっす！　と飯倉くんは未だに怒りが収まらないというか、思い出せば思い出すほど怒りが募る様子だ。

「GS社には社長のほかに二人役員がいて、その三人で会社を回していたんス。そいつらの年俸《ねんぽう》が各自三千万で、おれら社員の手取りが実質十万と知った時には、もう目の前が真っ暗で。怒りで顔は真っ赤で」

飯倉くんは、GS社・悪の三人衆のうち、残り二人についても描写した。

「専務の多賀城《たがじょう》は、カッコイイのは名前だけで、その実態は無能でいい加減なコードばかり書く、出来損ないのプログラマーす。似合わないロン毛でブサイクでバカなくせに、チャラくて片っ端から女子社員を口説いて、巨乳で頭の悪そうな女が大好きで。面接で女子社員を採用するときは外見だけが選考基準っす」

飯倉くんは、あたしがじゅん子さんに淹れたお茶を勝手に飲んで話を続けた。

「副社長の鎌桐《かまぎり》は痩せこけて顔色が悪くて胃が悪いんじゃないかって感じのゾンビみたいな男で、こいつだけはコードがマトモに書けるんで業務管理が担当なんすけど、付和雷同で他力本願の日和見《ひよりみ》の、自分というモノがない『長いモノに巻かれる』影の薄いヤツで。実家が金持ちだったから要するにカネヅルっす。けど変態で、SMクラブでM嬢をいたぶったり、マンションにデート嬢を呼んで責めまくって愉しんでるらしいっす。で、この三人は全員三十代の独身で」

ここまで言うと、飯倉くんは黙ってしまった。しばらく待ったが、間を置いているのではなく、すべて吐き出してしまったらしいことが判った。

「ねえ飯倉くん、何でもいいから、その会社のこと他にもっと思い出せない？」

「そうや。どんなことでも手がかりになれば、こちらのお嬢さんの役にも立つ」

上原じゅん子と黒ちゃんにかわるがわる言われて、飯倉くんは俯《うつむ》いて考え込んだ。

依頼人の依里子さんも、そんな飯倉くんを期待をこめて見つめている。

やっぱり、その会社の記憶は個人的な怨《うら》みツラミしかなかったのか、と全員が思い始めた時……飯倉くんはようやく顔を上げた。

「どや？　なんぞ思い出したか」

「えっと……そう言えば、ヤクザから出会い系のサイト請け負って、でも専務が遊び呆《ほう》けてテキトーに書いたプログラムが全然動かなくて、おれはちゃんとやったのに、結局納期に間にあわなくて……」

「お前の愚痴は聞いとらんわ」

「ちょっと社長黙って。飯倉くんの話はとにかく要領悪くて長いんだから」

じゅん子さんがぴしりと黒ちゃんを叱った。

「ハイ、要領悪くてすいません。で、ヤクザがやってきて激おこで、したらクロサギが、いきなりおれをボコって『テメーこの落とし前どうつけんだよアアッ？』とか怒鳴って、ヤクザの前でおれを殴る蹴るの半殺しにしたことがあったんス」

「ワシらがよう使う……」

と言いかけた黒ちゃんが咳払《せきばら》いをして言い直した。

「ヤクザがよう使う手や。カタギはこれでビビるし、ヤクザも納得する」

「で、飯倉くん、そのクロサギ社長に殴る蹴るされて、あなたはどうしたの？」

「超ムカついて……でも何もできないんで、会社のサイトにバックドアを」

「何やそれは？」

「バックドアとは、本来はＩＤやパスワードを使って使用権を確認するコンピュータの機能を無許可で利用するために、コンピュータ内に密《ひそ》かに設けられた通信接続の機能のことね。一部の悪意のあるプログラマーの中には前もってバックドアを仕込んでおいて、そのプログラムが使われているときにバックドアを利用してコンピュータに忍び込んで、情報を盗み出したりする例があるのよ」

と、じゅん子さんは、あたかも何かを引用したように立て板に水で説明した。

「ほかに何かない？　飯倉くん、もっとよく思い出して」

じゅん子さんの言葉に、彼はう〜と呻いたまま、言葉が出なくなってしまった。

依頼人の依里子さんは不安そうな面持ちだ。

「あの……私の祖父のお金、取り戻してもらえるんでしょうか？」

「お任せください。ご心配には及びまへん！」

黒田社長は胸を張った。

「ウチには先方の企業の内情を知る飯倉と、それからもう一つ、ミサイル級の飛び道具がありますよって」

その飛び道具がまさかあたしのことだとは思いもしなかった。

＊

翌日。

あたしはＧＳ社にいた。そこは、パンフレットの住所のとおり、西新宿の高層ビルの上の方に入居していて、オフィスも今どきのＩＴ企業っぽい、お洒落なインテリアだ。

どこもかしこも真っ白で、アクセントにシルバーの家具。真っ白な壁には、やたら大きい絵が飾ってある。これも白地の部分が多い。申し訳程度にカラフルな絵の具で適当に落書きしたような模様があるけど、きっと有名なヒトが描いた高い絵なんだろう。

あたしが座っているソファの脇の、白い台に飾られた、細長い銀色のオブジェは彫刻のようだ。引き伸ばされた人間のカラダのように見えるが、誰かをぶん殴るのに手頃な凶器と言った感じでもある。

あたしは、黒ちゃんに言われたとおりにGS社の採用面接に来たのだ。グレーのリクルートスーツの下は、サイズ小さめの白いブラウス。カラダに張りついてバストのラインが強調されてる。

「あや子、お前なら大丈夫や。連中は間違いなく女子社員を外見で採用しとるからな」

詐欺会社なら多額の現金がどこかにある筈。そのありかを突き止めるコトが今回、あたしに課せられた任務《ミッション》だ。

履歴書その他の書類は上原じゅん子が書いてくれた。じゅん子さんは求人のサイトをチェックしながら、「この会社、始終求人出してますよ。特に女性の求人なんかほとんど毎週。どれだけ離職率高いのかしら？」などとぶつぶつ言っていたっけ……。

「藤崎《ふじさき》あや子さん、中へどうぞ」

痩せて目つきの悪い、カマキリそっくりの男がドアを開け、あたしを呼んだ。

面接会場の会議室で、窓を背にしたテーブルには男が三人並んでいる。ドアを開けてあたしを呼んだカマキリが副社長の鎌桐、反対の端には、いまどき流行らないソフトスーツを着込んで、襟足にかかるほど長い髪にウェーブをあてたチャラ男が座っている。これが「適当なコードしか書けないブサイクな専務の多賀城」なのだろう。そして真ん中にいるオールバックの、日焼けしすぎて松崎《まつざき》しげるや山形《やまがた》ユキオも逃げ出すヤマンバ男が社長の黒佐木か。

「藤崎あや子さんね？　じゃあいろいろ訊きますから正直に答えてね」

まるで事情聴取みたいな面接が始まった。

「まず、スリーサイズから男性経験、人数と初体験の年齢、好みの男性のタイプ、好きな体位について答えてください。なおこれは、アナタのパーソナリティを知るためであって他意はありません」

そう言ったのは専務の多賀城だけど、顔はニヤついていて、目線はあたしのムネに釘《くぎ》づけだ。ちなみに、他の二人はあたしを値踏みするようにジロジロと見ている。

「三万円でどう？」とか言い出しそうだ。

でも、こういう事に慣れているあたしは平気だ。悪びれず、全部に答えていった。

「90・60・90ですけど？　マリリン・モンローと同じです。ゴールデンプロポーシヨンっていうのかしら？」

「こんな外見ですから誤解されやすいんですけど、実は……あまり経験はないんです。高校卒業の時に憧れの先輩に処女を捧げたっきりで……その思い出を大切にしたいんです」

「好みのタイプは、仕事が出来る男のヒト」

我ながらこんなウソついてバチが当たらないかと怖ろしくなるけど、とりあえず男ウケする回答はセオリーということで。

「好きな体位、ですか？　初体験の相手がちょっと変わった人で。背面座位っていうか、鏡の前でうしろから、っていうか、下から入れられて、自分の恥ずかしい姿を見ながらっていうのが忘れられなくて……」

おお、と呻き声があがったのをあたしはしっかりと聞いた。

ツバを飲み込み前に乗り出す役員たち三人に、あたしは上目遣いで色っぽく視線を送る。

「でもそういうの、あまりしてもらえないんですよねえ。あまり一般的な……その、遣《や》り方ではないのかしら？　もしも……そういうのがお好きな殿方がいらっしゃれば」

殿方ですってぇ、とあたしは内心爆笑しながら表面しおらしげに続けた。黒ちゃんから伝授された「男ウケする面接の極意」とかを一応守っているんだけど、こんな受け答えで採用されるのならかなり本気でコワい。ついでにアヒル口をしてやろうかと思ったが、それはさすがに止めた。

「……そういうのがお好きな殿方だったら、あたし、お付き合いしてしまうかも……なんて思ったりしないワケでもないんです。あの……ちょっと暑いですね。この部屋」

失礼します、とあたしは言って、グレーのジャケットを脱いだ。中のインナーはあたしのユニフォームといっていい、スケスケのブラウスだ。

案の定、役員の男たち三人の目が、あたしの巨乳に釘づけになった。ブラはワイヤーで、これでもか、と寄せて上げて前に突きだささせている。カットも低いから、バストトップが見えそうで見えないギリギリだ。

脱いだジャケットをぱっと払うと、予定どおり、ポケットに入れておいた金のボールペンがうしろに落ちた。

「あら、どうしたのかしら？」

ワザとらしく言って、くるりとうしろを向いたあたしは、そのままぐっとヒップを突き出して、膝の裏はまっすぐに伸ばしたまま、ボールペンにゆっくりと手を伸ばす。

超ミニのグレーのスカートがぐぐぐっとまくれ上がるのも計算通り。何しろヒップが張り出しているから、スカートのたくし上がる速度も半端ではない。

おおおっ、という役員たちの心の声が聞こえた。声には出さないけど、あたしには判る。

今、役員の男たち三人に向けたあたしのお尻、そして、あたしの太腿の間のショーツのクロッチの部分は、あますところなくヤツらの視線にその全貌をさらしているハズ……。

と計算しながら、そのままの姿勢でちょっと静止する。

充分に間合いをとってから躰を起こし、椅子に座り直してにっこり微笑んだ。

ぽかんと口をあけた三人の間抜けな顔を順々に見て、ひとりひとりに視線を合わせながらあたしは高々と太腿を持ち上げて、これみよがしに脚を組んでみせた。ほれ、『氷の微笑』でシャロン・ストーンがやったみたいに。

ヤツらの視線があたしの両腿の奥に貼り付いているのを見て、いける、と思った。

「採用！」

社長の黒佐木の声はちょっと嗄《か》れていた。

「採用決定！　明日から出社してください」

黒佐木は顔を赤らめた……のかもしれないが、日焼けが凄いので判らなかった。

＊

採用されて総務部に配属され数日後の夜。

あたしはカマキリ副社長・鎌桐のマンションにいた。まず一番最初に、一番モテなさそうなこの男を落としたのだ。

詐欺会社の三人の役員の中でも、非モテ度がトップのこの男のマンションには、コンピュータやその周辺機器がゴチャゴチャと置かれている。モニターも山ほど並んでいて、なんだかテレビ局か警視庁の指令室みたい。ＩＴスキルが高いのか、それともタダのオタクなのかよく判らないけど。

「これはね、世界の株価をリアルタイム表示させてるんだ。ほら、私は会社の財務も管理しているからね、世界経済の動向に神経を張り巡らせておかないとね」

と得意げに言ったが、ともかくあたしたちは、その中で、セックスをした。ベッドの横にビデオカメラとディスプレイをセットして、行為の一部始終を撮影しつつ、その映像をリアルタイムでモニターに映し出して、それを見ながら、というややこしいプレイ。AVを鑑賞しつつ同じプレイをするのが好きな男がいるそうだけど、自分のプレイを見ながらっていうのは、どうなの？　過度なナルちゃん？

「背面座位が好きとキミは面接で言っていたよね？　鏡がないかわりに、このディスプレイを見ながら交わることにしようと思って。ラブホテルの鏡とは左右が逆になるだけだから、いいだろ？」

なるほど、そういうことだったのね。

確かに……後ろから羽交い締めにされて、下から貫かれて上下するあたし自身の映像は我ながら凄くエロい。突き上げられるたびにIカップのあたしの巨乳が、ゆっさゆっさと上下に揺れる。後ろにいるのがイケメンだったら、そしてあたしの丸出しになったアソコを激しく出入りしているカマキリ副社長のアレが、もっと逞しければもっとイイんだけど。

でもまあ、細くても硬度はチタン並みだし、長さはそこそこあって、あたしの秘孔というかGスポットを繰り返し直撃するので、けっこう良かった。

「ああ……いいわいいわッ……もっと激しく何度も突いてッ」

大袈裟《おおげさ》に叫ぶあたし自身のよがり声も、必ずしも全部、演技というわけではなかった。

ずいぶんと高品質のモニターらしく、画像の解像度は素晴らしい。あたし自身の肌がしっとりと潤い、ほんのり紅く染まっているのも、乳首が硬くなって真っ赤なルビーみたいになっているのも、あたしのあそこがぐっしょり濡れて、ワレメに沿ってキレイに整えたヘアーがワカメかヒジキみたいに貼りついているのも、ぜ〜んぶ、すっごく良く見える。

惜しいな、とあたしは思った。麻生ルルの名前であたしがひそかにやっているAVのお仕事でも、こんなにイヤらしい作品はないのに。録画しているのならディスクを貰って、自分で売りさばきたいくらいだ。

「イッく〜！」

あたしは、思いっきりアクメに達した。

ちょっと今までにない快感。これは自分のアヘアヘ姿を見ながらって事が大きいかも。ラブホにある鏡ってウザイと思ってたんだけど、活用すれば快感が増すんだなって、今、初めて気がついた。

黒ちゃんにちょっと悪いかなと思ったけど、これは黒ちゃんに言われた任務だし。

絶頂に達してぐったりと横たわりながら、あたしはカマキリに言った。

「ねえ。会社で仕事してみて思ったんだけど、社員のヒトタチ、みんな顔色悪いよね？」

それは本当のことだ。全員、顔が土気色で、どのデスクの下にも寝袋がある。オフィスに泊まり込んで仕事をするのが当たり前になっていて、労働時間なんてあってないようなものなんだろう。気の毒に。

ロクに仕事をしていない、セクハラ三昧の創業者三人組が利益のほとんどを自分たちで山分けにして、残りの社員は創業者三匹の年俸の、たった十分の一以下の年俸しか貰えずにコキ使われているのだ。

「ああいうのってお洒落じゃないと思う。まるで……なんていうの？　そうそう、ブラック企業みたいで」

そこでカマキリはいきなりキレた。

「何を言うんだキミは！　我が社は、GSは断じてブラックなどではないッ」

反応が早すぎる。さてはよっぽど気にしてるのか、ネットにでも晒されたか。

「そうだよねー、ブラックはダサいよねえ？　あや子、ブラックだとか誤解されるような職場で働きたくないな。お友達にも言えないし。ねえ鎌桐さんってエラいんでしょう？」

　本名を呼んでやるとカマキリはとたんにデレデレとした表情になった。

「鎌桐さんじゃなくて、俊彦《としひこ》って呼んでくれ」

「そう？　じゃあ俊彦さん……お願いがあるんだけど」

　あたしは、カマキリのペニスを弄りながらシナを作った。アヒル口になっていたかもしれない。

「あや子、お洒落な職場が好きだから。明日からみんな定時に帰れるようにしてあげて。ね？」

　カマキリはいきなり難しい顔になった。

「定時？　悪いが、そういう概念は我が社にはない。定時なんてものはフィクションだ。絵空事だ。ただの仮説だ。収益性の高い企業には、あってはならない存在なんだ」

「えー？　あや子アタマ悪いからぁ、ムズかしい話わかんな～い」

　わざとバカっぽい声で言って、あたしは巨乳をカマキリの腕にぐいぐいとこすりつけた。

「いいじゃん。みんな帰しちゃえば。そして俊彦ちゃんとあたしで、誰もいなくなったオフィスでいいことしようよ？　すっごくエッチな、あんなことやこんなこと」

オフィスセックスのご提案に、カマキリはいたく心を動かされた様子だ。

「そうだな……いつもおれが遅くまで残って仕事を片付けているから」

カマキリは仕事の虫らしい。相場がよほど気になるらしく、今日観察したところでは、ランチを取るのも忘れてモニターに張りついていた。

「おれさえ早く帰ると言えば、別に問題はないな……ここでも相場は張れるんだし」

その通りだ。コイツが遅くまで会社に残っているから、みんな帰れないのだ。

それからというもの、あたしはカマキリと毎晩のようにオフィスセックスを実行した。

この男は昆虫ライクな外見もインケンな性格も全然あたしの好みじゃないけど、アレの硬さと長さと、持続力だけは評価してあげてもいい。

カマキリが定時に一旦退社すると、他の社員たちも遠慮なく仕事を終えて帰っていく。

その後カマキリが戻ってきて、あたしたちは誰もいなくなったオフィスの、いろいろなところで繰り返し交わった。

あたしのあそこやおっぱいのコピーを取ってみたり、給湯室でお茶を淹れるあたしを、カマキリが後ろから襲って挿入してきたり。もちろんあたしは、タイトミニの下はノーパンにナマ脚だ。

デスクの上に押し倒されてとか、窓にノーブラのバストを押し付けられて後ろからとか、パソコンに向かうカマキリのデスクの下に潜り込んで、アレをぱっくりお口にとか、まあオフィスで出来る、ほぼあらゆることをあたしたちは連日連夜、飽きずにヤリ続けたわけ。

チャラ男専務と社長はとっとと帰宅する。ネックだったカマキリも定時退社するようになった結果、きちんと帰れるようになった社員たちは、日々、顔色が良くなっていった。

そういうことを始めて十日目くらいの夜……オフィスの廊下をノーブラ、シースルーブラウス、そしてノーパン生脚で歩かせられる羞恥プレイを、あたしがやらされていた時。

もうこれも何度目かで、警備員の人が驚きのあまり懐中電灯を取り落としたりしていたのだけれど、今夜はそこにチャラ男専務が戻ってきた。案の定、メチャクチャ驚いている。

実はその日の勤務時間中、ちょっとご相談したいことが、とあたしはわざと深刻な顔で、チャラ男に持ちかけておいたのだ。

「定時でみんなが退社したあと、このオフィスで……少しでいいんです。お時間を取っていただけませんか？」

おっぱいもアソコもほぼ丸出しで廊下を歩いているあたし。そのうしろでニヤニヤして眺めているカマキリ。コイツもパンツからアレを出してシゴいている。だってこのあと、即セックスする段取りだから。

「なにやってるんだ！」

と、チャラ男専務は驚き、カマキリ副社長は狼狽《うろた》えた。

「きゃあ！」

と叫んだあたしは、顔を覆って近くの部屋に逃げ込んだ。そこは、専務の部屋だった。もちろんこれは計算尽《ず》くだ。

廊下に残ったチャラ男専務とカマキリ副社長は何事か言い合っていたが、やがてチャラ男専務が難しい顔を作って入ってきた。あたしは裸も同然の姿で、部屋の隅っこで丸くなって、羞恥で全身を赤らめていた。まあ、その程度の芝居は出来るのよ。

「副社長の言うことが要領を得ないんだが」

「見られちゃった通りです……そういうことなんです」

あたしはさめざめと泣いてみせた。

「あたし、あのカマキリみたいな副社長に脅されて、レイプされて……」

あたしは、これまでのことを全部話してやった。もちろんあたしから持ちかけた、という部分はカットして。

「助けてください」

あたしは泣きじゃくって、チャラ男専務に抱きついて……そのまま行為に持ち込んだ。もともとセックス大好きなのを隠さないチャラ男だけに、実にチョロい。ディープキスしてフェラして……後はもうすんなり。

「君はひどい目に遭ってたんだね。判った。あの男はクビだ。どうせアイツは、多少仕事はできるが、所詮金ヅルだ。アイツの出資分が消えても今のウチはビクともしないからね」

人事は専務の担当だった。

鎌桐副社長が『一身上の都合』で退社したあと、あたしはそのまま多賀城専務に取り入って、毎晩のようにハゲんだ。

「ねえ、お給料あげて」

コトのあと、あたしはおねだりした。

「いいよ。いくら欲しい？　特別手当を加算しとこうか？　セックス技術料とかって」

チャラ男専務はあたしの乳首をくじりながらヤニ下がった。

「でも……あたしだけ上げたら、と～っても不自然だよね？　だったら、全員のお給料上げれば目立たないよね？」

あたしはそう言いつつ、フェラチオした。

一回戦が終わったばかりで萎えていたソレはみるみる回復し、同時にチャラ男専務も満額回答を出した。

「そうだな。政府も賃上げしろと言っているしな……いい宣伝になるだろうな」

極貧だった社員たちの給料が、軒並みアップした。ヒトによっては二倍三倍になったけど、それでもやっと人並みというか、世間の相場並みになっただけではあるんだけど、みんな狂喜乱舞した。辞めていく社員は減ったし、なにより、みんなの顔色がますます良くなってきた。

が。

極悪創業者三人組の中では唯一、仕事的にはまともだった副社長のカマキリがクビになったので、業務管理がまるで出来なくなった。GS社の仕事はガタガタになってクレームの嵐が巻き起こった。

せっかく徹夜や泊まり込みがなくなって給料も良くなったのに、社員たちはクレームの電話対応に追われるようになってしまった。

当然だけど、クレームの電話の口調はキツい。電話を受けた社員の人格攻撃までしてくる、ヤクザ顔負けの凶悪な電話が殺到して、社員は音を上げた。

「チクショーやってらんねえよ、こんな会社辞めてやる！」

受話器を叩きつけて、ついでにその場で辞表も叩きつけて逃げ出す社員が続出した。

給料が上がって時間もできた奴隷たちは、余裕を取り戻してようやく目が覚めたのだ。奴隷であるあいだは、ただ生き延びるだけで精一杯で周囲が見えず、おかしいことをおかしいと考える余裕もないから、辞めるという考えも起きない。これがブラック企業における社員の操縦法なのだろう。

だけど、一度目が覚めてしまうと、他の社員たちも転職活動をして、次々に辞めていくようになった。奴隷が……ホウキっていうの？　なんかそんなことをする映画があったよね。

あたしは専務に重用されて（公私混同とも言う）専務専属の秘書になっていた。

「おれも辞めさせて貰います。診断書ありますから、労働基準監督署に過労を強いたと訴えられたくなかったら、きちんと会社都合の解雇通知にサインしてください」

専務室に入ってきた社員が辞表を出した。

「まあ、そう言うな。モノゴトには順序ってものがあるだろ。まずは休職ってことでどうだ？」

専務はつとめて穏やかに話そうとしているが、顔は引きつっている。同じように辞表を持ってくる社員が毎日何人も来るので、会社の存続がヤバくなりつつあったのだ。

「嫌です。どうせ休職させておいて、解雇するんでしょ。そのほうが労災を負担しなくて済むから」

「お前、知った風な事言いやがって！　東京湾に沈めるぞテメエ！」

キレたチャラ男専務が、怒鳴った。

「今脅迫しましたよね？」

その社員はＩＣレコーダーを取り出して再生してみせた。

「訴えます。弁護士が廊下で待機してるんで」

その社員がドアを開けると、弁護士が入ってきた。

「脅迫罪で訴えられたくなかったら会社都合の離職証明書に署名・捺印《なついん》されることですな」

弁護士はそう言うと、何通もの書類を専務に見せた。残された社員の半数以上の分を、この弁護士は用意していたのだ。

言われるままに専務が書類にサインして捺印すると、二人は満足げに部屋を出て行った。

専務は頭を掻き毟った。

「どうしてだ？　どうしてこうなる？　誰がヤツらに知恵をつけた？」

専務は狂乱して部屋の中を動物園の熊のように歩き回った。

「このままじゃ、この会社は潰れるぞ……」

「辞めたヒトの補充をすればいいよ」

あたしが提案すると、チャラ男専務は「それしかないな……即戦力の経験者を募集してくれ」とあたしに丸投げした。

とはいえ。給料が上がって休みも増えたけれど、まだまだブラックなこの会社に、入社を希望する人は多くない。プログラマー経験者には、ウチの会社の悪名が充分に広まっているので、「あそこはヤバい」と、余計に人が集まらない。

そんな人員不足のスキを衝《つ》いて、「経験者」の飯倉くんが、再入社してきた。もちろんこれも作戦の一環だ。

採用を丸投げされたあたしがドサクサに紛れて、兼ねての計画通りに入社させたのだ。

「おれがクビに……いや、辞めた時より確実に荒廃してますね！　給料上がって休みも増えたのに、どうして？」

復帰した飯倉くんはニヤニヤしながらオフィスを歩き回った。一応、案内役としてあたしがくっついてる。

「そうね。思い切りブラックだった時のほうが、まだマシだったかも。なんでだろう？」

「独裁国家に革命が起きて滅茶苦茶になって、前よりもっとカオスになるみたいな？　イラクとか、シリアとか」

よくわからないことを飯倉くんが話していると、そこに社長がやってきた。

「なんだお前。また来たのか！　お前みたいなバカがウチで務まるとでも思ったのか？　それとも給料が上がったのに目が眩《くら》んだか？　どっちにしても性懲りも無いバカだな！」

クロサギ社長はオフィスの中で飯倉くんを口を極めて罵倒した。それを聞いてる社員がいるっていうのに。

「今は手が足りないからな。また雇ってやる。その代わりミスをしたら承知しないからな！」

社長は挨拶代わりに、飯倉くんのお腹にパンチを入れて歩き去った。これは「乱暴な親愛表現」ではない。ただの暴行だ。

「ね。ああいうゲス野郎なんすよ、社長は」

飯倉くんは咳きこみながら吐き棄てたけど、今回の彼の役目は社長の怒りを買ってサンドバッグになる事でもある。悪いけど、痛い目に遭ってね。

で、飯倉くんは、その使命に忠実になのか、生来がドジなのか、事あるごとにミスをして、クロサギ社長の鉄拳制裁を受けた。社長も、有能な社員はあらかた辞めてしまってイライラが募る一方だったこともある。辞めずに残っているのは「他所《よそ》に再就職出来そうもない」「どこからも声がかからない」「移籍先を捜す気もない」連中ばかりで、業務も停滞する一方だ。

「飯倉、ちょっと来い」

と社長室に呼びつけられて、しばらく経って出てきたらボロボロだったり、オフィスのフロアで回し蹴りを喰《く》らってたこともあったし、廊下で擦れ違いざまに顔にパンチを入れられてることもあった。

「今度は、なんだったの？　なにしくじったの？」

と、あたしが聞いても、飯倉くんは「別に。何にもしてないけど殴られた」と、学校でイジメに遭った中学生のような返事だった。

「何にもしてないけど」は本当だ。だって、飯倉くんはこの会社に復帰したものの、仕事は殆どやらず、ひたすら「やっているフリ」をしているだけなのだから。

では、何をしている？

昼休みや夜、そして就業時間中も、社外にいるじゅん子さんと連絡を取り合って、このGS社が行っている、さまざまな違法行為の情報を飯倉くんは集めているのだ。もちろん専務秘書のあたしも全面協力している。会社のサーバの、専務秘書のIDで入れるレベルに侵入して、いろんな情報を盗み出した。

チャラ男専務は、あたしをセックスだけのバカ女だと見くびっているので（まあ、その通りかもしれないけど）まさかあたしが飯倉くんと共謀してるなんて思ってもいない。

じゅん子さんからは「あの情報が欲しい」「こういう風に仕掛けして」などと次々に悪知恵が飛んで来る。あのヒトも腹黒よね。人のイイあたしには思いもつかない極悪なコトを平気で言ってくる。ブラックフィールド探偵社がブラックなのは、黒ちゃんがブラックなんじゃなくて、実はじゅん子さんがドドメ色に真っ黒なのかも。

それはともかく、飯倉くんは毎日、粛々とクロサギ社長のサンドバッグになりながら、粛々とあれこれを仕組んでいった。

＊

そして、その日が来た。

専務室のドアを蹴破って入ってきたクロサギ社長は、チャラ男専務に向かっていきなり、「お前はクビだ！」と解雇を宣言した。

「今すぐ私物をまとめてこのオフィスから出て行け。お前が売り上げから抜いていた金は退職金がわりに呉《く》れてやる」

「いやいやいや、出し抜けに、どういうことなんですか？」

蒼くなった専務はあれこれ取り繕おうとしたが、社長は「これを見ろ！」と、プリントアウトを専務に突き付けた。

そこには、チャラ男専務とあたしが交わしたスマホのショートメッセージが印刷されていた。

『ウチの社長、ちょっと素敵だと思うんです。シブい男の色気があって』

『あんなのが？　中学の時からおれはあいつのダチだけど、あいつ、不良にカツ上げされて泣いて土下座してウンコもらしたんだぜ』

『やだ、多賀城ちゃん、社長に嫉妬してる』

『嫉妬なんかするかよ。ウチはおれなしでは回せないんだから』

『多賀城ちゃんヤリ手だもんね』

『クロサギなんかただの飾りだよ。あいつが一人じゃ何もできないから、おれが支えてるんだ』

『もっとお給料もらってもいいよね』

『まあな。それなりに売り上げから抜いているけどな』

極悪創業者三人組は全員年俸仲よく三千万円ずつだったが、専務だけは一千万ほど余分にフトコロに入れていたらしい。

『経理も人事も全部、おれが握ってるからヤリたい放題なんだぜ！』

「どういうことなんだよ、こら」

社長は専務の胸ぐらを掴み、いきなり専務の顔面に頭突きというかヘッドバットというか、パチキを喰らわせた。

「そっ、そんなプリントアウトはニセモノです捏造《ねつぞう》ですっ！」

鼻血を流しながら、真っ青になったチャラ男専務は慌てて弁解しようとした。

「いいや捏造じゃないな。中坊の時、誰が不良に土下座したって？　言ってみろや？　アアッ」

社長の右手には50センチくらいの、バールのようなものがあって、左手の平をぺちぺちと叩いている。このバールは、なぜか社長室に常備されているものだ。

クロサギ社長の、迫力も目つきもスゴい。

高級そうなスーツをいつもビシッと決めている社長だが、こうしてみると間違いなく、元ヤンキーの筋金入りの不良だ半グレだ。

「もっ、申し訳ありませんっ。土下座したのはおれでした！」

専務はそう言って、社長の足元に平伏した。ヤクザのアニキに詫《わ》びを入れる、不始末をした子分そのものの図だよこれは。

「ウンコも、もらしたんだよな？」

そう言って片頰で不気味に笑った社長は、次の瞬間、両手で摑んだバールを目一杯、頭上に振りかざした。その真下には、土下座専務の頭がある。

チャラ男殺される！　バールで脳天が割られる！

あたしが真っ青になったと同時に、ズガーン！　と大音響がした。

その瞬間、あたしは目を背けてしまった。だって、そんなスプラッターな光景、見たくないでしょ？　オッサンの脳味噌《みそ》が飛び散って脳天に穴が開いたオッサンが全身を痙攣させて床一面が血の海、なんてシロモノは。

だけど……恐る恐る目を開けたあたしの目に飛び込んできたものは……お洒落なフロアリング風の床に先端をめりこませている、社長愛用のバールだった。

チャラ男は、ごめんなさい社長許して下さい悪うございました二度としません、とひぃひぃ泣いている。ダブルのソフトスーツの股間が黒く濡れて、床には血の代わりにじわじわと水たまりが広がっていった。紛れもないアンモニア臭がする。

「小だけで良かったな。大だとあとが大変だしな」

社長は冷たく言い捨て、この修羅場に棒立ちになっている飯倉くんに、「掃除しとけ」と言い捨てて社長室に入って行った。

あたしと専務とのやりとりが社長にも読めるように、ショートメッセージの設定を変えたのは飯倉くんだ。いやあしかし、それにしても……こんなにうまく行くとはねえ。

放心状態で座り込んだままのチャラ男専務は、もう完全に戦意喪失で廃人状態だ。

それを見たあたしは、次の段階に進むことにした。

しおらしい顔を作って、社長室の扉をノックして、お茶を出した。

共に創業者で信頼も厚かった仲間二人を失い、使える社員のほとんども逃げ出し、仕事の受注も管理も進行も経理も人事も、すべてが滅茶苦茶になった会社。その一番いいオフィスで、社長は窓のほうを向いて座っていた。

手には相変わらずバールのようなものがある。右手で握って左手をぺちぺちと叩いている。その右手の指と、そして左の手の平が、なんだか黒ずんでいる。叩きすぎの握りすぎ？　多分、これをしなければ落ち着かないのだろう。社長にとって、このバールはお気に入りのぬいぐるみか、毛布のようなものなのか。

　黒佐木の背中にあたしは声をかけた。

「あの……どうも、すみませんでした。あたしが至らないせいで。でもあたし……多賀城さんに逆らったらこの会社で働けなくなると思って……社長を、あなたのことを毎日、オフィスのすみから見つめることも出来なくなると思って」

　そう言いながらあたしは社長に近づいた。

「だってあたし……社長のことが……ずっと」

　そう言っているうちに、なんだか本当に社長に片思いしているＯＬみたいな気分になってきた。ごくごく自然に、両眼にみるみる涙が盛り上がって、次から次へとあたしの頬を流れ落ちてゆく。

　嘘泣きが上手すぎる自分がコワい。

　ＡＶのお仕事で、さんざん心にもないヨガり方をしまくったから、自分の気持ちもカラダの反応も、ここまで自由自在になってしまったのだろうか？

社長はしばらくの間、冷たい視線のまま、ひっくひっくと肩を上下させるあたしを見ていた。

これはだめかな、失敗したかな……。

とっとと逃げた方がイイかなと思いかけたとき、社長はようやく口を開いた。

「今日はもう帰る。君も仕事が終わったら私の家に来るように」

そう言って立ち上がったクロサギは、あたしをじっと見つめて、念を押した。

「君がそういう気持ちであるということは、よく判ったから」

そう言って、さっと社長室から出て行ったクロサギは、間違いなく自分に酔っていた。

ハードボイルドなおれってカッコイイ！　自分に惚れてる女と、さりげなく距離を置くおれってクール！　と自惚《うぬぼ》れているのだ。

いや〜、ここまで単純バカな男だとは思わなかった。でも、その分やり易《やす》くて助かるんだけどね。

「もしもし、じゅん子さん？　クロサギ、後から来いとあたしに言って帰っちゃったけど」

あたしがじゅん子さんに報告すると、腹黒な彼女は電話の向こうで、ふふふと笑った。

『黒佐木の自宅には騙し取った大金が絶対にあるはずよ。家に侵入して、依頼人の依里子さんから奪われた金額を取り返しましょう！』

じゅん子さん、そして黒ちゃんは即座に計画を立てて、あたしに具体的な指示を出した。

＊

黒佐木社長が住んでいるのは東新宿にある、やたら豪勢なマンションだった。詐欺師ってこういう虚勢を張るのが好きなんだろうね。

エントランスを抜けると、広いロビーがあって、ホテルみたいにソファが幾つもあった。だけど、密談するなら部屋でするんじゃないの？　この辺ヤクザとか多そうだし、チャカとかクスリの受け渡しはこのロビーじゃダメでしょ？　などとあたしは思い、これは偏見かと反省した。

とにかく、あたしの顔を確認したクロサギがロックを外したので、一緒に行った飯倉くんも難なく中に入った。部屋の中まで入るのは、最初はあたしだけだけど。

「来たのか」

カッコをつけた社長はそう言いながらドアを開けてあたしを迎え入れた。「来たのか」って、たった今、自分でオートロックを解除したじゃん！　何をカッコつけるお手本にしてるのか知らないけど、この男は応用が利かないのか？

飯倉くんはドア外で待機するダンドリだ。

「君が私に惚れていたとはね」

ふふふとクールに笑って廊下を先に立って歩いていた社長は、広いリビングに入るや否や、いきなり振り返ると、壁ドンと顎クイをしてあたしにぶちゅーとキスをした。セコいというか飢えてるというか、いきなりディープキスをしてきたのには呆れた。だったらクールを気取ってんじゃねえよ！

とはいえ、あたしも顔を赤らめて、されるがママに、おずおずと舌を絡ませてあげた。

「むむ、む」

夢中になって口を吸っていた社長は、酸欠になって、やっと離れた。なにこれ？　この男、もしかして童貞？　いやいやいや、きっと最近ご無沙汰で飢えてるだけなんだろう。

「あの、あたし、ちょっと化粧室、借りていいですか？」

と、女の子のたしなみで、みたいな感じで言うと社長は急に余裕をみせて「いいとも！」と言った。あほか。

化粧室を借りるふりをしたあたしは、玄関のロックを解除した。ドア外では飯倉くんが今か今かと待っているはず。

「お待たせしてすみません。社長」

申し訳程度に化粧を直したあたしが、しおらしくリビングに戻ると、クロサギはもう服を脱いで臨戦態勢になっていた。

ぐるるるると、飢えた野獣みたいに社長はあたしに飛びかかって、服をビリビリと引き裂くと、辺り構わずキスするわ舌を這わせるわの愛撫《あいぶ》攻撃を始めた。

「服なんかもっと高いのをいくらでも買ってやるから。こういうの、コーフンするんだ！」

さすが半グレ。レイプが好きなのね。

あたしは、なすがままだ。これも当然、想定内。

作戦では、潜入した飯倉くんがこの間に、どこかに隠してあるカネ、もしくは有価証券、宝石貴金属を探し出すことになっている。

だけど……飯倉くんは、何を考えているのか、ドアの隙間からあたしの艶姿をずっと覗き見してるじゃない！　なに？　あのバカ！

「早く探してよ！　バカじゃないの？」

ってどやしつけたかったけど、それも出来ないまま、あたしは社長の愛撫を受けるしかない。

だけど……よく見ると、飯倉くんは、リビングの中を物色するように見ていた。確かにここには金目の物がいろいろとある。一見して高そうな油絵とか、花瓶とか……。

飯倉くんは、ここに入りたいのね。だけどそれは無理だよ……。

そう思って、どうしようかいろいろあたしなりに考えていたんだけど……。社長の愛撫が、妙にツボにハマってきて、あたしは目を閉じたまま、陶酔し始めてしまった。この社長、やっぱりエロの場数は踏んでる感じで、急所をグイグイ突いてくる。

が、突然それが止まった。

あれ？　と思って目を開けると、あたしに見えたのは……クロサギ社長に首根っこを捕まえられた飯倉くんの姿だった。

「お前ここで何をしている？　そうか。あや子の後をつけたのか。ストーカーかお前は？」

社長は例のバールのようなもので飯倉くんの頬をぺちぺちと叩いたと思ったら、いきなり拳骨で数発、飯倉くんの顔をぶん殴った。

そして無抵抗な彼をリビング・ダイニングの椅子に縛り付けた。用意万端で緊縛用ロープが出てきたのは、きっとあたしを縛ってＳＭプレイをするつもりだったのだろう。

ニヤリと笑ってクロサギは言い放った。

「これから、いいものを見せてやろう」

あたしはもう殆ど裸にされていて、愛撫されて乳首も硬く勃っていたんだけど、クロサギはあたしの後ろから手を伸ばして、両方の乳房を寄せたり下から持ち上げたり揉んだりして、飯倉くんに見せつけた。

「カネがあれば、こんな事だって出来るんだぜ。お前らみたいな貧乏なバカには無理だがな！」

クロサギは調子に乗って、あたしの首筋に舌を這わせて、音を立てて吸った。

「むははは！　どうだ、羨ましいだろ！」

が。

ここでリビングに、新たな人影が現れた。

満を持して、黒田社長が登場したのだ！　「おんどりゃワシの女に何をしとるんや！」

ドスの効いた声で一喝されてクロサギ社長は固まった。

黒ちゃんは縛られた飯倉くんをギロリと睨んで、「おお可哀想に」と目を潤ませた。

「見てみい。こいつの顔、赤く腫れとるで。わしの舎弟も可愛がってくれたようやの」

アアッ？　と吠えながら、思い切り壁を蹴ると、落書きみたいな油絵が額ごと落下した。

クロサギは震え上がって声もない。半グレだったらもっと根性あるんじゃないの？

黒ちゃんが髪をワシ摑みにした瞬間、オールバックの髪の毛がスポっとはずれた。

丸禿《まるはげ》になったクロサギを見てあたしは啞然とした。

「なんやお前、ヅラかいな？」

「さっ、最近抜け毛がひどくて……」

知るかいなお前のストレスなんぞと黒ちゃんは凄んだ。

「誠意を見せい、あ？」

「せ、誠意って？」

「この世界で誠意言うたらきまっとるやろ！」

「いや……なんのことやら」

本気で判らないのか、なんとか踏ん張っているのか、クロサギは必死に首を横に振る。

「ほうか。シラを切るか。お前がな、チンケなIT会社とは別に、ジジババ相手の詐欺をやっとるのはもうバレとるんや。ええ加減、神妙にせえや！」

黒田がまた壁を蹴ると、今度は天井からシャンデリアが落ちてきた。

「誠意、見せてもらおか」

「か、金なら、ないです。ここには現金はないです」

「有価証券とか宝石貴金属とかはどないじゃい！」

黒ちゃんはクロサギの頬をぺちぺちと叩いた。

「全部あの、そういうのはないんです。ウチの会社は今、急激に業績が悪化してい て、運転資金も底をついて、株も売ったし手形も安く割り引いて貰ったし、そもそも金銀パールにダイヤモンドとかは持たない主義だし」

クロサギは震えながら言った。

「ほんと、カネはないんです！」

黒田は、落下して額縁からはずれた油絵を見た。

クロサギも絵を見て、顔を強ばらせた。

「この絵は……一見するとパウル・クレーやが、コピーの上から絵の具を塗ったニセモノやな。しかし……絵に価値はのうてもや」

黒ちゃんは額縁を足で踏んで壊した。

「絵のウラに……」

絵をひっくり返したが、裏には何もなかった。

「このシャンデリアも、ガラスに見せかけて……ダイヤとか」

黒ちゃんは、粉々に割れたシャンデリアの破片をざっと見た。

「この中にダイヤはない。みんな安モンのガラスや。粉々に割れとるからな」

ほたら、と言いながら、黒ちゃんはバールのようなものを拾い上げると、部屋の中のものを次々に破壊し始めた。

しかしテレビの中には部品だけだし、テーブルの上の封書に貼ってある切手は日本郵便のフツーの切手だし、隠された、もしくは偽装したお宝は、何処にも見つからない。

　黒ちゃんは飯倉くんのロープを解き、代わりにクロサギを縛り付けた。あたしも加勢して三人で寝室もバスルームもキッチンも、くまなく家捜しした。ソファの綿も全部出したし、皿もコップもすべて割ってみた。冷蔵庫のマヨネーズに覚醒剤が混じっているかと思ったけど、純正の、オイル成分半分のマヨネーズだったし、ケチャップもソースも醤油《しょうゆ》も何もかもみんな混ぜ物なんてされてなかった。

「だからおれがさっき報告したとおりでしょ？　カネなんてどこにもないって」

「そんなことあるかい！　悪党の家には絶対にカネはあるんや！　古今東西、そういうことになっとるんや！」

　黒ちゃんはそう言って、バスルームの天井裏まで調べたけど、どこにも金目の物はなかった。見事になかった。

「腹立つなあ～！　ホンマ腹立つ！　このままでは帰れん。ヤクザの怖いところ見せたるで！」

　激昂した黒ちゃんは、クロサギ愛用のバールを使って、家中を破壊し尽くした。

　三十分後、部屋の中は、爆弾が炸裂したような惨状になった。

「しゃあないな。ここは引き揚げるとするか」

黒ちゃんは、手にした「バールのようなモノ」と、中身は五百円玉貯金らしい招き猫の貯金箱を手にして、玄関に向かおうとした。

そんな黒ちゃんの背中に、クロサギは哀願した。

「それは……それだけは返してくれ」

「なんでや？　さてはこの貯金箱か？」

黒ちゃんは招き猫貯金箱を床に投げ落として破壊したが、中にあったのは五百円玉が五枚だけだった。

「あほくさ！」

と言いながら黒ちゃんは、その五百円玉を五枚、きっちりポケットに入れると、あたしたちを引き連れて、撤退した。


そのころ。ＢＦ探偵社の事務所ではじゅん子さんが、飯倉くんが以前仕掛けたバックドアからＧＳ社のネットワークに侵入して、請求書に領収書、金銭出納データなどの金の流れや極秘の資料にプラスして、社内メールやメッセージもすべて外部から自由にアクセス出来るようにしてしまった。

これによって、悪口やカゲロメールもすべて公開状態になり、プライバシーは皆無となって、GS社内は疑心暗鬼と阿鼻叫喚の、地獄絵図と化した。

さらに詐欺容疑で警視庁捜査二課の家宅捜索が入った結果、GS社とパラダイス・インベストメント・パートナーズは一体であることが立証されて、両社は事実上、壊滅した。

*

「破産管財人から支払われたのは、たった五十万円でした」

事務所で、じゅん子さんが封筒に入った五十万円を依頼人の依里子さんに渡した。

「で……そこからこちらの経費を引くと、足が出てしまうんですが」

じゅん子さんが申し訳なさそうに言った。

「まあ、今回は、足が出た分はオマケや。結局、一銭にもならんかった上にウチに金を払わんとイカンちゅうのんも気の毒や」

黒ちゃんは妙に太っ腹なところを見せた。あれだけ暴れ回った後なので、機嫌がいいのかも。

「あ、いいんです。お金が戻ってこなくても。正義が行われたので、私としてはスッキリしました。お金は、騙された祖父が悪いと思うしかないです。逆に、調査費用をまけて戴いて、有り難うございました。では、これ、少ないですけど……経費として」

依里子は深々と頭を下げると五十万円入りの封筒をそのまま返し、事務所を出て行った。

「依頼人の期待には応えられたし、仕事的には大成功したけど、儲けがたった五十万というのは残念でしたね」

じゅん子さんの言葉に、黒ちゃんは頷いた。

「今回は結構時間もかかったしな。それを考えると大赤字や」

「ではどうして依頼人にキチンと請求しなかったんですか?」

じゅん子さんに突っ込まれた黒ちゃんは、「まあそうガミガミ言いないな」と逃げた。

あたしはまあ、今回はいろいろ活躍出来たから面白かった。日頃出来ないようなセックスもやりまくったし、まあ、満足かな。

「飯倉くんも満足じゃないの?　にっくきカタキの会社を潰してやったんだよ?

副社長も専務もメタメタにしたし、飯倉くんに一番ヒドいことをした、あの社長も詐欺罪で捕まったんだし」

あたしがそう言うと、飯倉くんは、「ええまあ、そうなんスけど……」と言葉を濁した。

「なにそれ？　飯倉くんはいつもハッキリしないんだね！　そんなだから、あんな連中につけ込まれるんだよ？　ナニ考えてるのよ！」

つい、声を荒げてしまった。なんだか、ほっとけないんだよね、飯倉くんって。

「いやあの……ずっと考えてたんスけどね」

と、飯倉くんは、書類キャビネットの上にぽんと置かれた、クロサギ愛用の「バールのようなモノ」を手に取った。

これが、招き猫の中身を別にすれば、黒佐木の部屋から持ち帰った、唯一の戦利品だ。

「これって、あのクロサギが『それだけは返してくれ』って、這いつくばって頼んだモノですよね」

「いや……あの男が惜しんだのは五百円玉貯金箱やった」

と、黒ちゃん。

「しかし、あの中には二千五百円しか入ってなかったんですよ？」

「アホかお前は」

黒ちゃんは飯倉くんを叱った。

「お前も偉うなったもんやな。カネがないときは二千五百円も大金なんと違うんか？　二千五百円あったら牛丼が何杯食える？　飯倉先生はさぞかしお金持ちなんでしょうなあ」

黒ちゃんは物凄くイヤミな言い方をした。

「ちょっと黒ちゃん！　飯倉くんは頑張って働いてるのに、お給料貰ってないじゃんよ！」

判官贔屓《ほうがんびいき》のあたしは飯倉くんに加勢した。

「アホ。このガキはわしに借金があるやないかい！」

「まあ、その件は置いといて。あの時、クロサギはじっとこのバールを見てたっスよ」

そういえばそうだったかもと、あたしも思い出した。

「飯倉くん、意外に気がつくよね」

ちょっと見直した。

「せやけど、これ、何の変哲もないフツーのバールやで」

あたしたちはそのバールのようなモノをじっくり観察したけど、どう見ても金目の物には見えなかった。

「あ」

この中では飛び抜けて頭が良くて腹黒なじゅん子さんが何かに気づいたようだ。

「これ、もしかすると、なにか物凄い材料で出来てたりして？」

「タダの鉄と違うんか？」

と言っていた黒ちゃんだが、バールを持って重さを量ったり、振り回してみたりするウチに、「せやな。これはもしかして……やで」などと言い出した。

「よっしゃ。ダメモトや！　わしのマブダチが大学で教授をやっとる。この前、盗撮で捕まりかけたときにわしが『影響力』を発揮して救ってやったんや。そのナニがあるよって、調べてもらおか」

黒ちゃんがそう言いだして、この「バールのようなモノ」の成分分析をして貰うことになった。


数日後。

某大学の物性物理学の教授がバカでかい銀色の金属の容器を抱え、興奮の面持ちで事務所にやって来た。

「これはえらいことですよこれは」

教授は大昔に流行ったフレーズを口にした。

「これはタダのバールではありません。いや、ナリはバールだけど、鉄ではないのです。特殊合金なのです。過去さまざまな犯罪捜査にも使われた大型放射光施設、スプリングエイトで成分を分析したところ……驚くべき結果が！」

「そんなCM前の引っ張りみたいな事言わんと、さっさと言え！　それも簡単にな」

わしらは素人やからな、と黒ちゃんが念を押した。

教授が言うには、バールは合金で、そこには非常に貴重なレアメタル、およびレアアースが、かなりの分量で含まれている事が判った、と。

「リチウム・ベリリウム・ホウ素・チタン・バナジウム・クロム・マンガン・コバルト・ニッケル・ガリウム・ゲルマニウム・セレン・ルビジウム・ストロンチウム・ジルコニウム・ニオブ・モリブデン・ルテニウム・ロジウム・パラジウム・インジウム・アンチモン・テルル・セシウム・バリウム・ハフニウム・タンタル・タ

ングステン・レニウム・白金・タリウム・ビスマスのレアメタルと、スカンジウム・イットリウム・ランタン・セリウム・プラセオジム・ネオジム・プロメチウム・サマリウム・ユウロピウム・ガドリニウム・テルビウム・ジスプロシウム・ホルミウム・エルビウム・ツリウム・イッテルビウムにルテチウムというレアアースがほぼすべて、そして、かなりの分量が含まれております。時価にして、十億円はくだらないでしょう」

「じゅっジュウオクエン!?」

それを聞いた黒ちゃんは狂喜乱舞した。

「オイお前ら聞いたか？　このアホみたよなバールが十億円やと！　これからわしら、遊んで暮らせるやないかい！」

けれど教授は、難しい顔のままだ。

「ところが、このバールからは、結構な量の放射線も出ているんです」

教授は銀色の容器を開けた。ものすごく厚味のある金属に厳重にガードされて、例のバールのようなモノが中に鎮座していた。

「わ！　早う閉めんかい！」

教授も速攻で蓋を閉じた。

「このままでは非常に危険です。事務所に置いておくことすら危ないし、ましてや換金など到底不可能です」

「しかし……しかし、レアメタルがなんで放射能出すのん？」

黒ちゃんは当然の疑問を口にした。

「おそらくこのバールは某国からの密輸品です。その某国特有の……安全・衛生に対するおそろしいまでの無頓着さというか、あるいはカネに目が眩んでいい加減な仕事をする拝金主義のせいでしょうか、信じられないことが起こってしまったのだと思います」

「どんな？」

「たとえば、廃炉になった原子炉の格納容器か何かを再利用して、レアメタルとの合金を作る材料に使ってしまったのでしょう。実際、某国からは原子炉の廃材で作った自転車のカゴが輸出された事例があります。そうとしか考えられません」

「ほたら、あのクロサギはそういうことを知らんまま、時価十億だと思って身近においといた、ちゅうことか」

そこに電話がかかってきた。

「……ああハイもしもし。ワシや。黒田や。……何やて？　拘置されてたクロサギのガキが、血を吐いて救急搬送？」

黒ちゃんは真っ青になって電話を切った。

「警察におる知り合いからや。このバールはホンマにヤバいわ。おい飯倉！」

飯倉くんがビクっとして気をつけをする。

「お前、このバールをどこぞに捨ててこい。場所はまかせる。日本海溝の底でも、内幸町《うちさいわいちょう》にある電力会社の社長室でも、どこでもエエ」

「そっそんな……指輪物語みたいなコト急に言われても」

飯倉くんも真っ青だ。じゅん子さんが、考え込みながら確認している。

「つまり時価十億のレアメタルと、格納容器由来の、超危険な金属が、合体してしまった」

黒ちゃんは、ガックリしている。もちろん、あたしも、じゅん子さんも、飯倉くんも心底がっくりだ。ぬか喜びしてしまった分、ガックリもひとしおだ。

まさに天国から地獄に、ジェットコースターで真っ逆さま。

「ねえ、先生」

じゅん子さんが教授に訊いた。

「しかるべきところで、レアメタルやレアアースだけ、取り出すわけにはいきませんか？」

　黒ちゃんも脅す。

「そや。やっぱり諦めるのは惜しいワ。お前の人脈の中で、町工場でも何処でも、金属を溶かしてどうこうするところはあるやろ？　刀鍛冶《かじ》とか」

「いや、民間ではとても無理です。これだけ高レベルの放射線を発しているモノは扱えません。それに万一健康被害が出た場合、出所は何処だと怪しまれるおそれが」

　かと言って、せっかくのレアメタルやレアアースが入っている「宝の山みたいなバール」を捨ててしまうのは、やっぱり惜しい。

「ナントカして考えましょう！」

　じゅん子さんは真剣に考えている。

「たとえば……日本国内ではダメでも、製造元の某国に持ち込んだら？　とにかく、ヤバい金属を除去してしまえばいいんでしょう？」

「……ねえじゅん子さん、もうやめようよ」

　あたしは、諦めが早い。もう、アブク銭のことは忘れて、頭を切り換えようよ。だけど、ヤバいお使いをさせられそうな飯倉くんも、じゅん子さんも、もちろん欲の皮の突っ張った黒ちゃんも、みんな必死に頭を捻っている。

そのうちに、じゅん子さんが「あ！」と声を上げた。

「思いついた！　これならいけるかも！」

「そうや！　それで行こう！」

何も聞いていないくせに黒ちゃんも即座に賛成した。

「あの……どういうプランなんスか？」

おずおずと飯倉くんも聞いた。

「このバールが十億になれば、おれの借金もチャラになるんスよね？」

「おう。それはそうや。今回はお前、ずいぶん肉体的ダメージを受けたんやからな」

黒ちゃんは腹黒じゅん子さんに向き直った。

「ほたらお前の考えたプランを話してもらおか」

「いいわよ。まずね……」

その時。事務所のドアが勢いよく開いた。

「ここ、探偵事務所なんですよね？」

息せき切って走ってきたらしい、若い女の子だ。恐怖のせいか真っ青なのに、頬だけが紅潮して複雑な顔色になっている。

「さいな！　ここがブラックフィールド探偵社でっせ！」

黒ちゃんが声を張り上げたので、若い女の子は事務所に入って後ろ手でドアを閉めた。

「実は私、今、追われてるんです」

じゅん子さんは、さっと表情を変えて、いつもの営業顔になった。

「こちらへどうぞ。ご依頼の内容を聞かせてください」

新たな事件が舞い込んだ。十億になるかもしれない「バールのようなモノ」の件は、後回しにするしかないみたい。

じゃあ、またね。

参考文献
鈴木涼美『「ＡＶ女優」の社会学　なぜ彼女たちは饒舌に自らを語るのか』青土社
今野晴貴『ブラック企業 日本を食いつぶす妖怪』文春新書
今野晴貴・坂倉昇平『ブラック企業VSモンスター消費者』ポプラ新書

初出
第一話　さらば愛しき……　月刊ジェイ・ノベル二〇一四年十二月号
第二話　優しくしてね　月刊ジェイ・ノベル二〇一五年　一月号
第三話　復讐はおれの手で　月刊ジェイ・ノベル二〇一五年　二月号
第四話　皆殺しのバラード　月刊ジェイ・ノベル二〇一五年　三月号
第五話　その企業、ブラックにつき　書き下ろし

実業之日本社文庫 あ81

悪徳探偵《ブラックたんてい》

2015年6月15日　初版第1刷発行

著　者　安達《あだち》 瑶《よう》

発行者　増田義和
発行所　株式会社実業之日本社
〒104-8233　東京都中央区京橋 3-7-5 京橋スクエア
電話 [編集]03(3562)2051 [販売]03(3535)4441
ホームページ　http://www.j-n.co.jp/
DTP　株式会社ラッシュ
印刷所　大日本印刷株式会社
製本所　大日本印刷株式会社

フォーマットデザイン　鈴木正道(Suzuki Design)

ISBN978-4-408-55232-3（文芸）